La vengeance d'un Espagnol

PIPPA ROSCOE

La vengeance d'un Espagnol

Traduction française de
CATHERINE BENAZERAF

AZUR

HARLEQUIN

Collection : Azur

Titre original :
THE WIFE THE SPANIARD NEVER FORGOT

HARPERCOLLINS FRANCE
83-85, boulevard Vincent-Auriol, 75646 PARIS CEDEX 13
Service Lectrices — Tél. : 01 45 82 47 47 - www.harlequin.fr
ISBN 978-2-2804-9280-5 — ISSN 0993-4448

Composé et édité par HarperCollins France.
Imprimé en juillet 2023 par CPI Black Print (Barcelone)
en utilisant 100% d'électricité renouvelable.
Dépôt légal : août 2023.

FSC www.fsc.org
MIXTE
Papier issu de sources responsables
FSC® C159065

Pour limiter l'empreinte environnementale de ses livres, HarperCollins France s'engage à n'utiliser que du papier fabriqué à partir de bois provenant de forêts gérées durablement et de manière responsable.

1.

Quittant le luxe tapageur de la dernière-née des discothèques madrilènes, Javier Casas descendait deux par deux les marches de marbre tout en frottant ses yeux fatigués.

Voilà ce qui arrive quand on tire trop sur la machine !

La mise en garde sarcastique de son meilleur ami, à peine quelques jours plus tôt, résonnait encore à ses oreilles. Javier haussa les épaules. Santi consacrait ses journées au tournage de son dernier blockbuster, et ses soirées à la postproduction de son film précédent. Il était bien mal placé pour donner des leçons à qui que ce soit !

— Casas !

L'interpellation, lancée par une voix féminine péremptoire, fit marquer le pas à Javier. Il lui aurait été difficile de faire semblant de ne pas avoir entendu dans la rue déserte, à 2 heures du matin.

Il se tourna. À cause de sa haute stature – il mesurait plus d'un mètre quatre-vingt-dix –, la femme lui arrivait à peine au niveau des yeux, bien que se trouvant deux marches au-dessus de lui. Derrière elle, Javier vit le videur chercher son regard. D'un discret signe de tête, il indiqua qu'il gérerait seul la situation. La dénommée Annalise s'était obstinée à ignorer ses fins de non-recevoir répétées – de moins en moins subtiles au fil des heures –, transformant sa soirée en un exercice de dérobades successives.

Si cela n'avait tenu qu'à lui, Javier aurait volontiers évité l'événement mondain qu'était l'inauguration de la boîte de nuit.

Mais comment aurait-il pu rater l'inauguration d'un établissement dont il détenait quarante-neuf pour cent des parts ?

Ladite Annalise l'agrippa par l'épaule, y plantant des ongles laqués de rouge.

— Je me disais que nous aurions pu aller finir la soirée quelque part, susurra-t-elle avant de se passer la langue sur les lèvres en une démonstration appuyée de sensualité.

La lumière provenant de l'entrée du club dessinait autour d'elle un halo qui soulignait désagréablement son expression de voracité désespérée.

— Il vaudrait mieux que tu rentres chez toi, Annalise. Ça te ferait du bien.

— Pour ce qui est de me faire du bien, Javier, j'ai d'autres suggestions. Sentir tes mains sur moi, par exemple…

Avant même que Javier n'ait eu le temps de réagir, elle s'était avancée et posait les griffes sur sa braguette. Grommelant un juron, il l'écarta d'un revers de main.

— *Basta ya !* s'exclama-t-il.

Cela ne suffit pas à calmer la femme qui se plaqua contre lui. Reculant, Javier lui attrapa les mains pour empêcher qu'elle ne s'en prenne à quelque autre partie de son anatomie.

— Je suis un homme marié ! maugréa-t-il entre ses dents serrées.

Annalise roula des yeux excédés.

— Tout le monde sait que ce n'est qu'une couverture, protesta-t-elle. Tu es toujours seul.

Javier fronça les sourcils. Il n'avait pas de temps à perdre. Son chauffeur l'attendait pour le ramener chez lui. Dans à peine cinq heures, il devait assister à une réunion de la plus haute importance. Sans se donner la peine du moindre commentaire, il fit un signe de tête à l'homme qui surveillait l'entrée de la boîte. En un éclair, celui-ci apparut à leurs côtés et écarta la femme d'une main délicate mais ferme.

— Assurez-vous qu'elle soit raccompagnée chez elle, lança

Javier par-dessus son épaule, prenant la direction de sa voiture garée en bas des marches.

Une fois installé à l'arrière – après avoir ignoré le coup d'œil amusé d'Esteban, son chauffeur –, Javier déroula sur son smartphone la kyrielle d'e-mails que son assistant avait déjà filtrés. Puis, il jeta un coup d'œil au groupe de messagerie qu'il avait créé avec sa demi-sœur et leur mère.

Aucune de ces occupations ne parvint à le distraire du souvenir obsédant de celle qui était encore son épouse légitime – bien qu'il ne l'ait pas vue depuis six longues années. Sur l'écran Javier fit défiler des articles de presse, jusqu'à en retrouver un, consulté de multiples fois.

Bien plus qu'un joli minois : la nouvelle architecte d'intérieur britannique fait parler d'elle.

Tel était le titre du reportage. C'était surtout le portrait en noir et blanc qui accrochait le regard de Javier – la photo de l'ingrate qui avait choisi de le quitter le soir même où leur vie aurait pu changer du tout au tout.

On la voyait vêtue d'un chemisier immaculé, tenant une tasse de café et fixant l'objectif avec l'air de quelqu'un qui cache un lourd secret. Son regard pétillait d'une lueur inconnue de Javier. Mais, ce qui le mettait hors de lui, c'était la façon dont elle enserrait la tasse, ne permettant pas de voir l'annulaire de sa main gauche.

Avait-elle gardé son alliance, ou pas ?

Soudain, une embardée inattendue l'incita à lever les yeux.

— Des travaux mal signalés, indiqua Esteban. Il va falloir…

Une explosion de tôles froissées et de verre brisé balaya la voix du chauffeur. Au milieu de crissements stridents, le monde bascula sur son axe, emportant Javier cul par-dessus tête dans la voiture broyée par le choc. Une vive douleur au côté lui coupa le souffle. Le temps parut se dilater entre vitesse immodérée et lenteur inexplicable. Les éclairs bleus et blancs d'un gyrophare le firent grimacer. Du sang dégoulinait dans son œil, mais il ne pouvait lever la main pour l'essuyer.

Quelque chose de terrible venait de se produire. Javier n'aurait su dire quoi exactement. Une silhouette indistincte s'agenouilla devant ce qu'il restait de portière. Il entendit le mot « hôpital » et une voix agaçante répéter que tout allait bien se passer. À côté de lui, son portable gisait, écran fracassé sur la photo d'Emily dont il ne connaîtrait pas le secret. Puis, tout devint noir.

— C'est bon, mes amis, la séance est levée !

— Mais ...

— Il est 1 heure du matin. Vous n'avez pas envie de rentrer chez vous ? D'aller boire un verre ? De retrouver vos copains ou copines ?

En souriant, Emily promena le regard sur sa petite équipe rassemblée autour de la table. Elle appréciait que ses collaborateurs montrent un engagement égal au sien, mais elle n'avait pas l'intention de leur faire risquer le burn-out. Leur bonne santé était indispensable à celle de son entreprise.

Rassemblant les tasses à café vides, elle mit le point final à la réunion. L'un après l'autre, les deux designers, l'architecte et la précieuse assistante d'Emily quittèrent la pièce.

Une fois seule, elle poussa un long soupir. Le projet de lotissement dans les Cotswolds avançait de façon satisfaisante. En revanche, celui de la villa à San Antonio leur donnait du fil à retordre. Mais elle ne doutait pas de finir par trouver le petit « truc » qui donnerait l'impulsion décisive – la dernière pièce conférant son unité au puzzle.

Emily y parvenait toujours. En tous les cas, c'était ainsi que les choses s'étaient invariablement déroulées depuis le moment où elle avait obtenu son diplôme d'architecte d'intérieur au *Design Institute*.

À son retour d'Espagne, le cœur brisé, ne sachant ni où vivre ni quoi faire d'elle-même, Emily avait traversé une période épouvantable. Jusqu'à ce que Francesca, sa meilleure amie, lui propose d'occuper sa maison pendant les mois où elle visiterait le monde avec son petit ami. La seule condition qu'elle mettait à cet arrangement était qu'Emily « supervise » la rénovation de la cuisine-salle à manger. C'était une occasion inespérée pour une malheureuse esseulée qui avait fort besoin d'occuper son esprit à autre chose qu'à attendre désespérément un signe de son mari. Car Emily continuait à caresser le fol espoir que celui-ci viendrait la chercher en Angleterre tant elle lui manquait. Au début, elle s'était contentée d'observer Maggie, l'architecte d'intérieur en charge des travaux. Puis, peu à peu, elle avait pris les rênes et coordonné le ballet des différents corps de métiers.

Au fil des mois de la rénovation, Emily avait pris conscience que Javier ne viendrait pas la chercher. L'homme qu'elle avait follement aimé – jusqu'à se perdre elle-même dans cet amour – semblait avoir accepté qu'elle disparaisse de sa vie. Cette découverte avait failli avoir raison de sa santé mentale, mais Maggie l'avait encouragée à s'inscrire aux cours du soir du *Design Institute*, insistant sur le fait qu'elle présentait d'indéniables dons pour ce métier.

Ainsi, Emily s'était jetée tête baissée dans l'univers de l'architecture d'intérieur. Étudiant le soir, elle avait travaillé avec Maggie dans la journée, apprenant de chacun des chantiers sur lesquels elle l'accompagnait. Plus tard, le premier job mené en son propre nom s'était conclu par un succès retentissant. À partir de là, le bouche-à-oreille avait fonctionné. Les gens adoraient la façon dont Emily parvenait à dépasser leurs *desiderata* pour identifier leurs besoins véritables. Et puis, il y avait toujours ce fameux petit « truc » qui donnait une unité au projet. C'était devenu la marque de fabrique d'Emily. Une sorte de don inné.

Pour décompresser un peu avant d'aller se coucher, elle ouvrit le réfrigérateur et se servit un verre de vin blanc de Rioja. Appuyée au plan de travail de la cuisine, Emily savoura le silence du vaste local. Situé dans le quartier animé de

Bermondsey – non loin de la Tamise et de Tower Bridge –, le loft avait été aménagé dans un ancien entrepôt et se divisait entre espace de travail et lieu de vie. La partie professionnelle, occupée essentiellement par une longue table encombrée d'ordinateurs et de documents, était séparée du logement par une verrière de style atelier et par des bacs de plantes vertes judicieusement disposés. Du côté salon, un grand tapis de peluche blanche était posé devant un immense canapé en L, qu'Emily jugeait bien plus confortable que son lit.

Ouvert sur la table, le magazine qui avait parlé d'elle le mois précédent retint son attention. Emily grimaça. À son grand regret, le journaliste avait accordé plus d'importance à son physique qu'à ses talents. Mais il n'y avait pas de mauvaise publicité. Le site web de l'agence avait attiré un nombre considérable de visites depuis cette publication.

À ce jour, sa petite équipe avait déjà plus de travail qu'il ne lui en fallait, mais Emily avait bien du mal à résister au sentiment trompeur de sécurité qu'apporte la multiplication des contrats.

Embauche davantage de personnel, que diable !

Dans sa tête, elle entendait le genre de conseils que son cher mari n'aurait pas manqué de lui prodiguer. Elle imaginait même le haussement d'épaules typiquement ibérique qui aurait accompagné pareille injonction. Cependant, Javier aurait également eu grand mal à laisser Emily gérer ses affaires comme elle l'entendait – il était coutumier d'un autoritarisme qui ne s'embarrassait pas de l'opinion d'autrui.

À travers la fenêtre, elle contempla les rues animées du Sud londonien. S'y côtoyaient salons de thé pittoresques et restaurants étoilés, appartements modernes et vieilles demeures victoriennes, dans un chaos qui faisait tout le charme de ce quartier qu'elle adorait, et où elle était parfaitement heureuse. *Presque* parfaitement.

Son regard fut attiré par l'anneau d'or à sa main gauche, et Emily songea à la précipitation avec laquelle Javier et elle s'étaient mariés. Comme s'ils avaient craint que le temps ne leur fasse revoir leur décision.

Elle n'ignorait pas que Javier aurait aimé faire les choses en grand, cependant elle l'avait convaincu de s'en tenir à une cérémonie très simple. Le discret anneau d'or représentait alors bien davantage à ses yeux qu'un bijou précieux dans lequel elle ne se serait pas reconnue.

Étirant les doigts, Emily lutta pour faire taire le sentiment d'indécision qui la taraudait. Allait-elle franchir la ligne de démarcation que représentait le fait d'ôter son alliance ? Serrant les dents, elle la retira et la posa sur le rebord de la fenêtre. Puis, elle inspira profondément pour surmonter le malaise qui l'envahissait. Secouant les mains, elle fit jouer ses phalanges, dans l'espoir de dissiper cette étrange sensation d'absence qui infligeait une morsure douloureuse à son annulaire.

La sonnerie de son portable la fit sursauter. À pareille heure, un appel avait quelque chose d'inquiétant. Le numéro sur l'écran était précédé de l'indicatif de l'Espagne. Un mauvais pressentiment lui coupa le souffle. À la question de son interlocuteur, Emily répondit qu'elle était effectivement la *señora* Casas. Puis le verre glissa de ses doigts gourds et alla s'écraser au sol.

L'atroce douleur.

Javier sentait sa tête enserrée dans un étau et, à chaque inspiration, c'était comme si le diable en personne lui enfonçait un tisonnier chauffé à blanc entre les côtes.

Un bourdonnement de voix lui indiqua qu'il n'était pas seul. Un homme murmurait, mais avec un tel agacement que Javier ne douta pas que celui-ci s'adressait à sa mère.

Pourquoi ne se rappelait-il pas ce qui lui était arrivé ?

Il était à l'hôpital. Ça, au moins, c'était une certitude.

— Pourquoi ne l'a-t-on pas jeté en prison ?

Cette fois, sa mère ne s'était pas dispensée de piailler comme elle savait si bien le faire. Renata parlait-elle de lui ?

— Il a répondu à toutes les questions des policiers, et ils ont jugé qu'il ne pouvait être tenu pour responsable.

Les explications de l'homme se voulaient apaisantes.

— C'est incompréhensible ! s'exclama Renata. C'était bien lui qui conduisait, non ?

Esteban. Avaient-ils eu un accident ? Est-ce qu'Esteban allait bien ?

De nouveau le signal sonore s'affola. Javier aurait voulu parler mais sa bouche refusait de lui obéir, ce qui le plongeait dans la plus extrême frustration.

— Esteban n'a rien à se reprocher, reprit l'homme. Par ailleurs, son état de santé lui permet de quitter l'hôpital dès cet après-midi.

— Pendant que mon fils reste ici ? C'est inadmissible !

Un silence gêné suivit. Manifestement, les personnes présentes dans la chambre étaient déconcertées par le manque de logique de Renata.

— J'exige de parler à votre supérieur ! enchaîna-t-elle d'une voix stridente.

— Je suis le chef du département de chirurgie, *señora* Casas. Et nous ferions mieux d'aller poursuivre cette conversation dans mon bureau.

— Il est hors de question que j'abandonne mon fils !

L'indignation mélodramatique de Renata était, hélas, familière à Javier. Cela fit perler la sueur à son front, bien davantage que la douleur physique. Sa mère avait une personnalité particulièrement difficile. La seule manière de s'en accommoder avait été de mettre de la distance entre eux. Pour ce faire, il se serait volontiers exilé sur la lune s'il n'y avait pas eu sa demi-sœur, Gabi.

Dans son esprit embrumé, un souvenir de son enfance s'imposa. Un souvenir qui aurait suffi à ce que ses jambes se dérobent sous lui s'il s'était tenu debout.

S'il te plaît, maman ! Tu me fais mal !

Il perdit connaissance.

Lorsque Javier revint à lui, le silence qui régnait dans la chambre l'incita à risquer un coup d'œil entre ses paupières lourdes. Une fois qu'il se fut accoutumé à l'éclairage aveuglant, il s'efforça de rassembler ses pensées : la soirée d'ouverture de la discothèque, Esteban l'attendant avec la voiture, les travaux sur la route…

Se raidissant, Javier revécut le moment du choc ; la façon dont tout avait basculé ; le sang coulant dans son œil…

— Qui est Emily ? demanda une voix de femme inconnue. Il n'a pas cessé de répéter ce prénom.

Vraiment ?

— Personne !

L'interjection de Renata avait claqué comme un coup de fouet.

— Maman ! objecta Gabi. Emily est sa femme.

L'explication était clairement destinée à l'inconnue.

Une bouffée de colère submergea Javier. On pouvait employer bien des qualificatifs concernant Emily, mais certainement pas la désigner par le terme « personne ».

Certes, Renata n'avait jamais approuvé qu'il prenne pour épouse une jeune anglaise, incapable de prononcer un mot d'espagnol. Mais Emily était toujours sa femme. Elle faisait partie de leur famille.

— Cette fille n'était qu'une…

Javier se contraignit à ouvrir les yeux. Quelle que soit l'opinion que sa mère s'apprêtait à exprimer, le branle-bas de combat qui entoura le lit la balaya. Des doigts inquisiteurs le palpèrent, puis quelqu'un le secoua par l'épaule. Javier n'eut d'autre choix que de rester conscient quand il ne rêvait que d'une chose : s'enfoncer à nouveau dans une léthargie protectrice.

— *Señor* Casas, vous m'entendez ?

L'infirmière se montrait insupportablement insistante, et Javier chercha à lever une main pour la faire taire. Malheureusement, son bras ne bougea que de quelques centimètres. La frustration lui noua la gorge, l'empêchant de tempêter comme il en avait envie. Bon sang de bonsoir ! Pourquoi son corps refusait-il de lui obéir ?

— *Señor* Casas, vous savez où vous êtes ?

Encore une fois, toute tentative de parler se révéla vaine. Aussi Javier chercha-t-il à acquiescer de la tête, mais la douleur le retint. Une voix d'homme intervint – celle qu'il avait déjà entendue précédemment.

— Nous allons vous donner à boire, d'accord ? Je veux que vous fassiez l'effort de prendre une gorgée.

Une paille apparut dans le champ de vision de Javier. Après quelques essais, il finit par avaler suffisamment de liquide pour soulager un peu sa gorge enflammée.

— C'est bien, dit l'homme. Savez-vous où vous êtes, *señor* Casas ?

— Oui, réussit à proférer Javier.

— Savez-vous pourquoi vous êtes ici ?

Plissant les paupières, Javier tâcha d'obliger ses lèvres à prononcer la réponse qui se formait dans son esprit. L'homme ne lui en laissa pas le temps. Sans plus attendre, il lui posa une autre question :

— Quel est le dernier souvenir qui vous vient à l'esprit ?

Javier fronça les sourcils. Tout le monde semblait attendre sa réponse. Il promena un regard hésitant autour de la pièce – sur sa mère, sa sœur, le médecin, l'infirmière –, puis l'arrêta sur la porte.

— Emily, dit-il.

Debout dans l'embrasure de la porte, Emily n'en croyait pas ses yeux. Revêtu d'une de ces affreuses blouses d'hôpital, relié à des moniteurs, Javier était soutenu par des oreillers. Un vilain bleu marquait sa pommette, une entaille abîmait son front altier. C'était surtout sa pâleur qui était choquante. Javier n'était jamais pâle.

Elle avait passé toute la durée de sa course éperdue jusqu'à l'aéroport, ainsi que les heures angoissantes du vol, à se répéter obstinément qu'il se portait forcément bien. Car il ne pouvait exister une réalité dans laquelle Javier Casas serait autre chose qu'une force de la nature.

Ce que lui avait annoncé l'hôpital madrilène, au téléphone, était certainement un malentendu.

S'entendre rappeler qu'elle était sa plus proche parente avait fait bondir son cœur dans sa poitrine.

Une fois à l'hôpital, dans la précipitation, Emily avait failli passer tête baissée devant la chambre de Javier. Mais la porte en était ouverte et, apercevant son mari du coin de l'œil, elle s'était immobilisée brusquement.

Du pouce, elle caressait l'alliance remise à son doigt juste avant de quitter son appartement, lorsqu'elle entendit son mari prononcer son prénom.

Le regard d'Emily se riva à celui de Javier, et elle resta figée. Jusqu'à ce que…

— Il est amnésique !

Au hurlement de Renata, Emily leva les yeux au ciel. Mais, avant cela, elle avait capté ce qui ressemblait à un éclair ironique dans ceux de Javier. Tellement fugitif qu'elle n'aurait su dire si elle l'avait imaginé ou pas.

— Mon fils est amnésique ! Faites quelque chose !

— Calmez-vous, *señora* Casas.

Interloquée par la ferme interjection du médecin, Renata se laissa entraîner vers le couloir. En passant devant Emily, elle devint cramoisie.

— Qu'est-ce qu'elle fait là, celle-là ? cracha-t-elle en espagnol.

— Vous êtes l'épouse du *señor* Casas, n'est-ce pas ? demanda le médecin dans cette langue, se tournant vers Emily.

— Elle ne parle pas espagnol ! lança Renata d'un ton plein de dédain.

Emily se retint de rétorquer vertement. Certes, elle ne le parlait pas lorsqu'elle avait rencontré Javier. Mais elle avait fait l'effort de l'apprendre ensuite, poursuivant cet apprentissage à son retour en Angleterre – tant qu'elle s'était figuré en avoir encore besoin.

Sa belle-mère s'était tournée vers le médecin comme si elle cherchait à exclure Emily de leur échange. Elle en fut une nouvelle fois blessée. Renata avait à peine toléré sa présence. Il était clair que les conditions présentes ne l'y incitaient pas davantage.

Préférant éviter toute confrontation inutile, Emily se garda bien de reprendre le médecin qui parlait en anglais pour la mettre au courant de la situation.

Javier, précisa-t-il, souffrait de trois côtes cassées, de contusions multiples et de quelques entailles. Par miracle, il n'avait aucune fracture. La plupart de ses blessures étaient jugées « superficielles ». Tout en écoutant ces explications, Emily jeta un coup d'œil à Javier. Par-dessus l'épaule du médecin, elle le vit batailler avec l'infirmière qui voulait l'empêcher d'arracher les électrodes de son torse.

Dans ce lit étroit, l'impressionnante carrure de Javier offrait une vision presque comique. Cependant, les divers hématomes qui marquaient son épiderme affreusement grisâtre ne prêtaient pas à rire.

Dès l'instant où elle avait rencontré Javier, Emily avait eu l'impression d'être emportée dans un tourbillon de couleurs et de vitalité. Il émanait de lui une virilité pleine de vivacité, mêlée à un charme quasi criminel auquel Emily avait succombé totalement.

À l'instant où elle comprit que Javier se désintéressait de l'infirmière, Emily s'empressa de se concentrer à nouveau sur le discours du médecin.

— Êtes-vous inquiet au sujet de sa mémoire ? s'enquit-elle.

— Effectivement, répondit le praticien. Il souffre d'une commotion cérébrale. Le résultat du scanner n'est pas alarmant, mais cela mérite une surveillance étroite.

À travers la vitre qui permettait de voir l'intérieur de la

chambre, Emily soutint le regard de Javier. Ce qu'elle y lut lui parut des plus révélateurs : détermination sans faille et indéniable roublardise. Rien qui ne soit susceptible de laisser croire à un problème affectant les facultés mentales de Javier Casas. Mais le médecin n'avait pas la même connaissance qu'elle du malade…

— Et… que va-t-il se passer… s'il est effectivement atteint d'amnésie ? demanda-t-elle.

— Tout va dépendre de la nature et de la quantité de ses souvenirs. Pour lui permettre de récupérer au mieux, il sera important de l'entourer d'un environnement familier, sans le contraindre à trop faire travailler sa mémoire. Il doit éviter toute contrariété.

Cette dernière remarque laissait planer bien des incertitudes, mais Emily savait qu'elle n'obtiendrait pas davantage de précisions tant que des examens plus poussés n'auraient pas été effectués.

Pendant que le corps médical procédait aux tests nécessaires, elle attendit dans le couloir, s'interrogeant sur ce que pourrait bien être la suite des événements. Javier aurait besoin d'une assistance régulière. Peut-être embaucherait-il une infirmière à temps plein ? Emily avait lu quelque part qu'il s'était installé dans un somptueux appartement à Madrid – elle s'en voulait de se jeter avidement sur toute information le concernant dans la presse people.

Avec un peu de chance, elle pourrait regagner Londres en ayant perdu seulement une journée ou deux de travail.

Cependant quelque chose soufflait à Emily qu'elle ne devait pas se faire trop d'illusions. Un doigt glacé descendit le long de son épine dorsale lorsque le médecin quitta la chambre avec une mine légèrement perplexe.

— Le *señor* Casas se porte bien, annonça-t-il. Cependant, il n'a aucun souvenir de ce qu'il s'est passé au cours des dernières années. L'objectif est de créer autour de lui une atmosphère exempte de stress. Parfois il s'impatientera de ne pas récupérer plus vite et reposera les mêmes questions à maintes reprises. Cela risque d'être éprouvant, aussi je vous conseille de vous faire aider.

— Moi ? Mais pourquoi ?

— Parce que vous pourrez le ramener chez vous d'ici quelques jours. C'est bien vous qui vous occuperez de lui, n'est-ce pas ?

Emily tourna brusquement la tête en direction de Javier. De l'autre côté de la vitre, il posait sur elle un regard scrutateur.

Soudain, elle comprit ce que son mari manigançait. Au tréfonds d'elle-même, Emily savait. Il n'était pas question d'amnésie. Le regard braqué sur elle indiquait clairement que Javier Casas n'avait rien oublié. Pire encore, elle percevait dans les prunelles de jais le bouillonnement d'une colère qu'elle n'y avait jamais vue auparavant. Une colère indubitablement remâchée par Javier depuis qu'elle l'avait quitté, six années plus tôt.

De toute évidence, son mari jouait à un petit jeu diabolique. Était-ce sa manière de lui faire payer leur séparation ? Un acte de vengeance ?

Oh ! Emily ne doutait pas que Javier Casas se soit considéré comme la malheureuse victime de son départ. N'était-il pas incapable de reconnaître ses torts ?

Il commettait pourtant une grossière erreur : elle n'avait plus rien en commun avec la jeune ingénue d'autrefois. S'il prévoyait de mettre le bazar dans sa vie, elle ne se laisserait pas faire.

Entrant dans la chambre d'un pas décidé, Emily s'avança jusqu'au lit et prit une main de Javier dans les siennes. Ce contact fut un choc pour l'un comme pour l'autre, et elle vit s'allumer un éclair de surprise dans les iris sombres.

Elle ne devait pas oublier à qui elle avait affaire : non pas à l'homme amoureux qui l'avait séduite à dix-neuf ans en lui promettant la lune, mais bien à celui qui avait dirigé sa vie comme il l'entendait.

Cette fois, ce serait à elle de dicter ses conditions.

Se penchant vers Javier, elle approcha la bouche de son oreille et murmura :

— Si tu te figures une seconde que je gobe un seul mot de toute cette histoire, alors tu te trompes lourdement, Javier Casas. Et tu n'as pas fini de t'en mordre les doigts.

2.

Emily quitta l'hôpital en prétextant qu'elle avait besoin d'un délai pour organiser le retour de Javier dans leur maison de Frigiliana.

En réalité, il ne s'agissait pas seulement pour elle de s'accorder le temps du voyage jusqu'au magnifique village, fleuron de la province de Málaga. Elle souhaitait surtout disposer de la latitude suffisante pour mettre au point ses projets… Si les choses prenaient le tour qu'elle prévoyait, il ne faudrait pas bien longtemps avant qu'elle ne se débarrasse du titre d'épouse légitime de Javier Casas.

Elle poussa le portail en fer forgé ouvrant sur la cour d'entrée de la villa. Comme par le passé, elle resta médusée par le spectacle qu'offrait le déferlement fuchsia du bougainvillée sur le mur d'un blanc éclatant. Cependant, les feuilles mortes et les divers débris apportés par le vent montraient un abandon qui lui serra le cœur.

Elle avait adoré cette maison. Jamais elle n'avait cessé d'être émerveillée par ce qui était tellement éloigné de la modeste habitation banlieusarde où elle avait vécu avec sa mère et Steven, son beau-père.

Ce dernier – propriétaire du lieu – y avait déployé un goût immodéré pour le beige, qu'il considérait comme la couleur la plus appropriée à un intérieur dépourvu de chichis. Emily avait impitoyablement banni cette teinte de la palette qu'elle utilisait aussi bien pour ses tenues que pour tout ce qui relevait de l'art de la décoration.

Une fraction de seconde, elle marqua une pause avant de glisser la clé dans la serrure. Qu'allait-elle trouver ? Des vêtements de femme dans la chambre ? Un bâton de rouge à lèvres dans la salle de bains ? Non, en dépit de tout ce qu'il s'était passé au cours des six années précédentes – ou, plutôt, ce qui ne s'était *pas* passé –, Emily savait son mari incapable de franchir certaines barrières.

Javier n'avait certainement pas enfreint les principes de loyauté auxquels il était fermement attaché – par fidélité aux vœux qu'il avait prononcés plus qu'à elle-même.

Lorsqu'elle se décida à pousser la porte, elle fut submergée par une vague de nostalgie si puissante qu'elle faillit en perdre l'équilibre. Même l'odeur de la maison était identique à son souvenir. Machinalement, elle posa les clés sur le guéridon à droite du seuil – comme si elle avait encore fait ce geste la veille. Puis, elle se dirigea vers la grande table de la salle à manger. Javier et elle avaient débattu pendant de longues heures de l'opportunité de consacrer cinq cents euros à son achat. Aux yeux d'Emily, le prix demeurait hallucinant, mais elle ne pouvait nier que l'objet soit sensationnel.

Taillé d'un seul tenant dans du chêne blond, le plateau était incroyablement doux au toucher, et Emily ne put se retenir d'y passer la main. Javier et elle y avaient non seulement partagé de délicieux repas, mais aussi fait l'amour – tellement emportés par le désir que peu leur importait que les assiettes s'écrasent au sol.

Néanmoins Emily n'oubliait pas, non plus, les longues heures où, assise seule, elle y avait attendu le retour de son mari.

Emily gagna ensuite l'immense salon. À travers les baies vitrées qui occupaient tout un mur, le spectacle était à couper le souffle. Un peu à l'écart du cœur de Frigiliana et de l'animation des ruelles pavées, accrochée à l'escarpement surplombant le bourg et un large canyon, la villa offrait une vue imprenable sur la végétation vert sombre où l'on repérait parfois une chèvre des montagnes.

La pièce ouvrait sur un patio dallé de blanc et vert qui surplombait la piscine. Les souvenirs affluèrent à l'esprit d'Emily. Elle entendait ses propres cris se transformant en éclats de rire, la fois où Javier l'avait soulevée du sol, tout habillée, pour sauter dans l'eau avec elle. Son hilarité n'avait pas tardé à laisser place à des gémissements de plaisir tandis qu'il la débarrassait de ses vêtements…

Le cœur serré, elle se tourna de nouveau vers la pièce. Rien n'y avait été changé. Les murs étaient toujours de ce même blanc immaculé sur lequel elle avait imaginé écrire son avenir. C'était à croire que l'univers de Javier était demeuré inchangé. Alors que le sien avait été entièrement bouleversé.

Aujourd'hui, il revenait y semer la pagaille avec sa prétendue perte de mémoire. Elle avait accouru à son chevet séance tenante, désorganisant tout son planning de travail, et tout cela pourquoi ? Pour qu'il puisse se payer sa tête ? Pour qu'il lui inflige un châtiment en l'obligeant à prendre soin de lui ?

Soudain, Emily eut furieusement envie de vérifier jusqu'où s'étendaient les troubles de mémoire de Javier Casas. Même si elle ne l'avait pas utilisé depuis six ans, elle savait qu'elle pouvait encore accéder au compte qu'ils partageaient dans une banque. Cela allait lui permettre de mettre à exécution un plan qui venait de se former dans sa tête…

Javier serra les poings tandis que la voiture enchaînait les virages. Malgré lui, il ne pouvait s'empêcher de revivre le choc entre sa limousine et le camion dont le chauffeur avait ignoré les panneaux annonçant les travaux sur la route.

Avant de quitter l'hôpital, Javier avait pris la peine d'appeler Esteban pour le rassurer : contrairement à ce que lui reprochait Renata, son chauffeur ne portait aucune responsabilité dans l'accident. Néanmoins, il lui avait caché que sa mémoire n'avait pas subi les dommages redoutés par le corps médical.

À bien y réfléchir, Javier n'aurait su dire pourquoi il s'était lancé dans ce simulacre d'amnésie. Au fond, c'était le résultat d'un malentendu. Découvrant Emily plantée à la porte de sa chambre, il avait simplement lâché son prénom, ce sur quoi toute l'assistance s'était méprise. Ensuite, le choc de l'étonnement l'avait rendu muet.

Comment comprendre qu'Emily ait fait tout le voyage depuis Londres pour être à son chevet ?

Puis ce fichu moniteur s'était mis à biper comme un fou, faisant savoir – fort à propos – combien la présence d'Emily influait sur sa tension artérielle.

« Si tu te figures une seconde que je gobe un seul mot de toute cette histoire… »

Javier ne put s'empêcher de sourire. Celle qu'il avait découverte sur le seuil de la chambre d'hôpital était la femme pleine d'assurance qu'il avait toujours soupçonnée en elle. Dès l'instant où il avait fait la connaissance d'Emily, il en était tombé éperdument amoureux et avait eu la certitude que c'était avec elle qu'il voulait passer le restant de ses jours. Cependant les choses ne s'étaient pas déroulées comme il l'avait prévu…

Mais pourquoi, diable, était-elle venue ? Elle aurait fort bien pu se contenter d'appeler l'hôpital, ou Gabi… Et, à en juger par la rapidité avec laquelle elle était arrivée, Emily avait dû se jeter dans le premier avion à sa disposition.

Au soulagement de la voir là s'était mêlé un intense désarroi. Comment Javier aurait-il pu oublier que cette femme l'avait lâchement abandonné ?

Tout à coup, il avait éprouvé le désir de la punir, de se venger. C'était sa mère, dans son affolement stupide, qui lui avait soufflé ce scénario de la perte de mémoire consécutive au choc. La tentation était trop grande de jouer à l'amnésique pour pousser dans ses retranchements celle qui l'avait laissé tomber sans explication.

Cependant, Javier n'était pas un monstre : chambouler la vie d'Emily juste pour la payer de retour allait à l'encontre de ses plus sacro-saints principes. Pour autant qu'il s'autorise à s'amuser un peu à ce petit jeu, il ne tarderait pas à révéler la vérité à son épouse.

Toutefois, Javier ne pouvait espérer être autorisé à quitter l'hôpital sans quelqu'un pour prendre soin de lui. Il était hors de question qu'il passe sa convalescence chez sa mère. Son estomac se noua, non pas à cause d'un nouveau virage mais au souvenir de la dispute qui l'avait opposé à Renata.

« La place d'un fils est auprès de sa mère ! » avait-elle tempêté.

Comme d'habitude, le monde tournait autour d'elle. Javier revoyait les coups d'œil compatissants que lui lançait sa sœur pendant cette dispute. Tous deux connaissaient leur mère comme personne d'autre, et cette lucidité avait créé un lien étroit entre eux. Si cela n'avait tenu qu'à lui, Gabi serait venue vivre avec lui depuis des années, pour échapper aux crises de colère de Renata. Mais la jeune fille avait décliné son offre, persuadée qu'il était de son devoir d'assister leur mère.

En soupirant, Javier songea qu'il pouvait s'attendre à quelques jours de tranquillité. Comme chaque fois qu'il s'opposait à sa mère, celle-ci bouderait jusqu'au moment où elle reprendrait contact comme si de rien n'était. Pour quémander de l'argent, bien sûr.

Ainsi, il disposerait du temps nécessaire pour régler le problème d'Emily une bonne fois pour toutes. Il se refusait à affronter la situation depuis trop longtemps. Cela ne pouvait plus durer.

Le téléphone de Javier sonna juste au moment où la voiture s'engageait dans les rues de Frigiliana. C'était son assistant.

Darien tenait à le mettre au courant de mouvements suspects sur l'un de ses comptes en banque.

— Je suis désolé, monsieur, dit-il. Au cours des trois derniers jours, neuf mille euros en ont été utilisés alors que je n'y avais jamais constaté d'activité. Et comme vous étiez à l'hôpital…

— Trois jours, dites-vous ? Quel est le numéro de compte ?

Darien énonça une série de chiffres que Javier connaissait

par cœur. C'était un compte joint avec Emily, auquel elle n'avait jamais touché depuis son départ et qu'il n'avait pas jugé bon de clôturer. Il allait demander à Darien quelle était la nature des dépenses effectuées, lorsque la voiture vint s'immobiliser devant la villa. Soudain, Javier eut une petite idée de ce à quoi cet argent avait pu être utilisé…

Mordillant sa lèvre inférieure, Emily se demanda si elle n'avait pas un peu dépassé les bornes. D'un regard sur la pièce, elle prit la mesure de tous les changements qu'elle y avait effectués, au prix de sommes considérables. Elle faillit grimacer à la vue des deux immenses toiles aux couleurs criardes accrochées aux murs. Mais elles n'étaient pas pires que le perroquet en céramique de plus d'un mètre cinquante de hauteur. Même s'il avait perdu la mémoire, Javier ne pourrait croire qu'il avait accepté d'introduire pareille monstruosité dans leur maison.

Emily avait gaspillé des sommes considérables dans l'acquisition de ces objets, et elle était fermement décidée à rembourser Javier jusqu'au dernier centime… lorsqu'il avouerait feindre l'amnésie. Peut-être même parviendrait-elle à recaser certaines de ses « trouvailles » sur ses futurs chantiers ? En soi, elles n'étaient pas affreuses – hormis le perroquet – mais elles ne convenaient pas le moins du monde à la villa.

Au moment où elle était occupée à évaluer ce qu'elle pourrait utiliser pour le projet de San Antonio, Emily entendit le crissement de pneus sur le gravier de la cour. Un frisson courut le long de son épine dorsale. De la main, elle s'éventa pour essayer de faire disparaître la rougeur à ses joues. Savoir qu'elle allait se retrouver face à face avec Javier avait quelque chose de terriblement excitant. Le provoquer, comme elle allait le faire, c'était un peu jouer avec le feu. Mais elle ne s'était pas sentie aussi vivante depuis de longs mois.

Le claquement d'une portière l'arracha à ses pensées. Emily

s'affaira à remettre en place l'horrible nappe en dentelle dont elle avait eu l'audace de recouvrir la belle table. Cela avait été une expérience étrange de mettre à profit ses capacités pour créer du chaos plutôt que de l'harmonie. C'était certainement son sens esthétique contrarié, songea-t-elle, qui la fit sursauter en entendant frapper à la porte.

Lorsque Emily ouvrit, une vague de nostalgie la submergea à la vision de celui qui se tenait devant elle, baigné dans la vive lumière andalouse. Oui, c'étaient des regrets, bien plus que du désir, qui faisaient battre son cœur et s'empourprer ses joues.

Un bref instant, elle oublia tout. Les trop longues heures passées seule dans cette maison, pendant que Javier consacrait tout son temps au travail. Son isolement dans un pays où elle n'avait aucun moyen de se faire des amis. Sa crainte de devenir une épouse soumise, aliénant sa personnalité à son époux, entièrement dépendante de lui – ce que sa propre mère était devenue au contact de son mari.

Javier n'était plus tout à fait le jeune homme au charme jovial dont Emily était instantanément tombée amoureuse autrefois. Bien sûr, il avait mûri. Cependant, les fines rides autour de ses yeux et de sa bouche, les quelques traces argentées dans ses cheveux et dans sa barbe n'amoindrissaient nullement la puissance séductrice qu'elle sentait l'envelopper comme une irrésistible vague.

L'épaisse chevelure de jais de Javier était rejetée en arrière, dégageant son front et accentuant sa mâchoire et son air de défi. Il y avait dans sa physionomie quelque chose de terriblement familier, au point de donner à Emily une furieuse envie de l'embrasser. Pour un peu, elle l'aurait attrapé par le plastron de sa chemise pour lui faire franchir le seuil, comme si souvent au cours des premiers mois de leur union. Mais un éclair scintillant dans les prunelles sombres alluma des signaux d'alarme dans son cerveau.

Emily s'écarta pour laisser entrer Javier.

— Bienvenue chez toi, dit-elle en soutenant son regard, à la recherche du moindre signe de surprise.

Mais que diable a-t-elle fait ?

La question résonna dans la tête de Javier, tandis qu'il plaquait sur son visage un large sourire destiné à dissimuler le sentiment d'horreur qui s'emparait de lui. Durant les quelques secondes pendant lesquelles il avait pris la mesure du spectacle s'offrant à lui, il avait dû fournir un effort considérable pour se composer une expression qui ne trahissait pas sa consternation.

— Eh bien ? lança Emily.

Un pied derrière l'autre, elle inclinait légèrement la tête sur le côté avec l'air de le mettre au défi de commenter les changements effectués dans la pièce.

Fronçant les sourcils, Javier adopta une mimique perplexe.

— Tu as changé quelque chose ? demanda-t-il.

À l'instant où ses yeux se posaient à nouveau sur sa femme, il la vit ouvrir la bouche – probablement prête à souligner qu'il reconnaissait les lieux de façon surprenante pour un amnésique. Il s'empressa d'ajouter :

— C'est ta coiffure, non ? Tu t'es coupé les cheveux ?

La lueur incendiaire dans le regard d'azur fut aussi vive qu'un éclair au-dessus de la Méditerranée. Emily était en rage. Ce qui ne laissait pas de réjouir Javier, pour autant que cela soit un peu mesquin – il se devait de l'admettre. *Madre de Dios !* Après tout, elle ne s'était pas gênée pour enlaidir leur maison d'une manière abominable.

— Au contraire, ils sont plus longs, corrigea-t-elle avec un petit grognement agacé.

Se retenant de sourire, Javier porta la main à sa tête.

— Je suis désolé, fit-il. Ma mémoire me joue des tours.

Il avait formulé ce mensonge aussi facilement que sa femme avait saccagé leur intérieur. En quelques pas, il vint se placer à côté d'Emily, appuyée au mur. Il laissa son regard errer de l'horrible nappe recouvrant la table qu'il avait tant admirée aux aplats de couleur fuchsia des deux tableaux qui défiguraient le salon d'une manière proprement terrifiante.

Javier reporta son attention sur Emily. Elle, en revanche, était ravissante dans une chemise immaculée et un blue-jean roulé sur les chevilles. Ce fut surtout la vision de ses pieds nus qui fit remonter les souvenirs à son esprit. Il se rappelait les gloussements ravis qu'elle poussait lorsqu'il les prenait dans ses mains et déposait une pluie de baisers le long de ses voûtes plantaires.

Ces images rallumèrent en lui une colère familière : celle qui ne s'était pas éteinte depuis la trahison dont elle s'était rendue coupable en l'abandonnant. Alors, oui, Javier était prêt à faire honteusement usage de toutes les armes à sa disposition.

S'inclinant vers Emily, Javier vint envahir son espace personnel sans la moindre culpabilité. Tendant le cou, elle leva un regard plein de méfiance. Il vit ses yeux s'arrondir et ses pupilles s'élargir tandis qu'il se rapprochait insensiblement. Elle aurait eu tout le temps de prendre ses distances, mais il était certain qu'elle n'en ferait rien. Au plus profond de lui-même, Javier sentit battre sourdement son sang et se raviver cette brûlure qui n'avait jamais cessé de couver malgré leur séparation. Il émanait de l'épiderme d'Emily une odeur chaude éveillant en lui des désirs qu'il croyait profondément enfouis. Comme il s'approchait encore davantage, elle entrouvrit les lèvres, et son souffle vint caresser les siennes. Pourtant, juste avant qu'il ne soit trop tard, il détourna la tête et planta un baiser sur la rondeur de la joue.

La tension contractant ses muscles eut l'effet d'un coup de couteau entre ses côtes. Javier ne put retenir un halètement de souffrance. L'inquiétude crispa les traits d'Emily. Elle posa une main sur son bras, le retenant au moment où il allait s'écarter.

— Ça va ? demanda-t-elle sur un ton alarmé.

— Oui, souffla-t-il.

Pourtant, des vagues de douleur déferlaient en lui, le mettant au bord de l'épuisement. Javier n'avait jamais rien ressenti de tel, et il détestait cela. Plus précisément, c'était la faiblesse de son propre corps qu'il ne supportait pas.

D'une démarche peu assurée, il s'avança dans le salon, plissant les yeux pour diminuer l'impact sur sa rétine du rose vif généreusement étalé sur les murs.

Se laissant tomber sur la très inconfortable banquette dont Emily avait fait l'acquisition – les dégâts qu'elle avait réussi à accomplir en trois jours étaient hallucinants –, Javier respira profondément. Une fois qu'il sentit s'estomper la douleur, il leva les yeux sur un gigantesque perroquet en céramique.

Sa femme était possédée par le démon !

La surprise lui coupa le souffle, et un nouveau coup de poignard lui transperça le poumon.

Il s'en était fallu de peu que Javier avoue avoir menti et s'excuse pour avoir bouleversé l'emploi du temps d'Emily. Mais, ça, c'était une vraie déclaration de guerre ! De toute évidence, elle avait apporté ces altérations à leur univers pour le provoquer. Pour l'obliger à admettre son mensonge.

Eh bien, ça n'allait pas se passer comme ça !

C'était ignorer que Javier Casas n'était pas du genre à accepter la défaite sans avoir farouchement combattu.

Bientôt, Emily implorerait sa clémence. Il y était fermement décidé.

3.

Tout en préparant une vinaigrette, Emily s'interrogeait : s'était-elle trompée du tout au tout ?

Javier n'avait pas fait la moindre réflexion. Les changements dans la décoration l'avaient laissé de marbre. Pourtant, elle aurait mis sa main à couper que le gigantesque perroquet l'aurait fait réagir.

Se pouvait-il qu'il soit véritablement amnésique ?

Comment se comporterait-elle, alors ? Parviendrait-elle à faire comme si de rien n'était ?

Comme si n'avaient pas existé les six années précédentes ? Ni les raisons de son départ : ces journées où elle l'attendait, seule, dans leur magnifique villa ? Oh ! certes, il la couvrait de cadeaux à son retour, mais cela ne compensait nullement son absence. Même si, quand ils se retrouvaient tous les deux…

Emily sentit son visage s'empourprer, et la chaleur du fourneau n'y était pour rien. Ils avaient connu une époque de passion intense, absolue. Cependant, elle avait vite découvert que cela ne suffisait pas pour souder un couple. Il fallait bien davantage. En tous les cas, pour sa part, elle ne pouvait s'en contenter.

Achevant de préparer la salade, Emily disposa les poivrons frits sur une assiette, puis elle gagna le patio. Le soleil commençait à descendre derrière la crête des collines, de l'autre côté du ravin. À l'horizon, on apercevait une langue de mer, aussi étincelante qu'un bijou.

Malgré le tumulte de ses émotions, Emily ne put s'empêcher de penser que c'était là qu'elle se sentait véritablement chez elle.

Pour le meilleur et pour le pire.

Les mots s'incrustèrent dans son esprit, et elle se dit qu'elle ferait tout son possible pour apporter à Javier l'aide dont il avait besoin.

Mais elle ne serait plus capable de s'oublier elle-même dans leur relation. Pas cette fois.

Javier observa sa femme, plantée devant la table du patio. En grimaçant, il quitta l'inconfortable banquette pour se diriger vers la porte-fenêtre. C'était moins la faim qui l'incitait à gagner le lieu de leur déjeuner que la perspective de pouvoir avaler les antalgiques qu'on lui avait prescrits.

Au vu des dégâts qu'Emily s'était manifestement régalée à effectuer dans la décoration, il s'attendait à ce qu'elle ait préparé le genre de plats qu'il détestait par-dessus tout – comme cet horrible hachis au corned-beef qu'elle l'avait contraint à avaler, autrefois, chez ses parents. Mais les nourritures étalées sous ses yeux étaient plus qu'appétissantes.

Elle fixait pensivement l'horizon, et il eut le sentiment que sa femme lui était encore plus inaccessible que lorsqu'elle se trouvait à Londres. Javier sentit sa conscience le titiller.

— Est-ce que tu vas bien ? s'enquit-il presque malgré lui.

Emily tourna vers lui un sourire mélancolique, et il ne put manquer de fixer son attention sur ces lèvres qui l'avaient séduit et aimé, par le passé.

— J'allais te poser la même question, répliqua-t-elle.

Javier se contenta de hocher la tête, évitant à chacun tout commentaire.

— Hmm ! fit-il. Du boudin noir, de la salade, des poivrons grillés, des aubergines au four, du manchego… *Dios*, Emily ! C'est un vrai festin !

Emily le gratifia d'un sourire en coin.

— On dirait que tu as préparé exactement ce que j'aime, ajouta-t-il.

— C'est ce que l'on fait habituellement avec un malade, il me semble, rétorqua Emily. On lui prépare ses plats préférés pour lui permettre de reprendre des forces, non ?

Répondant par une petite moue, Javier prit une bouchée d'aubergine pour se dispenser de formuler une réponse.

Ce n'était jamais ainsi que Renata agissait avec lui lorsqu'il était souffrant. Soit elle refusait de tenir compte de son malaise – tout signe de faiblesse était proscrit chez eux –, soit elle le noyait sous des démonstrations disproportionnées. Bien évidemment dans le seul but de déplacer l'attention sur elle.

— Qu'est-ce que ta mère cuisinait pour toi en pareil cas ? demanda-t-il en s'efforçant d'ignorer combien sa gorge était nouée.

Emily soutint son regard quelques secondes, avant de répondre :

— Du hachis au corned-beef, bien sûr.

Javier se serait étouffé avec sa bouchée s'il n'avait perçu une lueur amusée dans les yeux d'Emily. Il avala et lui sourit. Puis, davantage par habitude que par réel intérêt, il s'enquit :

— Et comment se porte ma chère belle-mère ?

Indiscutablement, Javier cherchait à détourner la conversation. Ainsi, il souhaitait l'entendre parler de sa mère…

Emily sentit la tension nouer ses épaules, comme chaque fois qu'elle devait aborder le sujet, et elle détourna le regard, s'attardant sur le ciel déjà étoilé du crépuscule. Elle s'était reprise lorsqu'elle reporta son attention sur Javier.

— Elle n'a pas beaucoup changé, dit-elle en haussant les épaules. Elle et Steven vivent toujours dans le même pavillon de banlieue…

Ne sachant trop que dire de plus, Emily conclut :

— Ils vont bien.

Le regard d'aigle de Javier la fixait avec une intensité interrogative. À croire qu'il avait compris que la dernière visite d'Emily à sa mère et son beau-père remontait à six mois. Juste avant les fêtes, puisque Steven tenait toujours autant à leur croisière de Noël.

Emily avait beau se trouver ridicule, penser à cela rouvrait immanquablement une blessure mal cicatrisée. Elle était âgée de seize ans, la première fois où elle avait compris qu'elle ne serait pas du voyage et passerait la fin d'année toute seule. N'était-elle pas assez grande pour supporter que son beau-père et sa mère s'offrent un tête-à-tête en amoureux pour Noël ? Dans le regard de celle-ci, Emily avait lu une supplication muette : surtout qu'elle ne fasse pas d'histoire !

Il en avait été de même pour tous les Noëls suivants.

Chaque année, revivant cette amère déception, Emily s'en voulait d'être une mauvaise fille. Car elle savait sa mère amoureuse et heureuse. N'était-ce pas amplement mérité après tout ce qu'elle avait traversé ?

De sa naissance à l'âge de onze ans, Emily avait été élevée seule par sa mère. Malgré tous ses efforts pour mettre de la magie dans leur vie, la toute jeune femme qu'elle était alors avait eu bien du mal à dissimuler à son enfant les difficultés matérielles qui l'épuisaient. Aussi Emily continuait-elle à culpabiliser, se rappelant que la malheureuse avait bien gagné le droit au bonheur.

Elle sursauta lorsque de longs doigts vinrent enserrer les siens, autour du pied de son verre de vin. Le brusque mouvement lui fit répandre du liquide sur la table, et Emily lâcha un petit rire.

— Désolée, dit-elle en attrapant un torchon pour éponger.

— Les choses ne se sont pas arrangées entre vous, c'est ça ? reprit Javier, posant sur elle un regard soucieux.

— Ça va, répondit Emily d'un ton neutre.

— Alors, ils ne t'ont pas laissée refaire la décoration de

leur maison ? J'imaginais que tu aurais trouvé le moyen de mettre un peu de couleur dans cet univers voué au beige.

Cette taquinerie fit venir un sourire aux lèvres d'Emily. Il fut de courte durée, car lui revint à l'esprit la façon dont sa mère et son beau-père s'étaient comportés lorsqu'elle était venue leur présenter Javier.

— Je suis encore navrée pour l'accueil qu'ils t'ont réservé, soupira-t-elle.

Emily n'avait jamais pu se départir de l'idée que cet épisode avait lancé le déclin de leur histoire d'amour.

— Steven est doté de l'intelligence émotionnelle d'une amibe, reprit-elle. Et il a les compétences sociales d'un mollusque.

— Ce qui est une combinaison tout à fait exquise, *mi cielo* ! s'exclama Javier sur un ton d'ironie enjouée, posant une main sur la sienne. De plus, tu connais ma mère et elle soutient amplement la concurrence.

Mi cielo.

L'expression affectueuse continua de bruire dans la douceur de la nuit, évoquant à Emily tant d'autres instants de tendresse – soupirs, baisers, caresses. Une vague de chaleur monta en elle malgré la fraîcheur de la brise. Elle retira sa main, mais la fièvre ne s'éteignit pas pour autant sur son épiderme.

— Ainsi, fit-elle pour dissiper son trouble, le médecin m'a dit que le dernier événement dont tu te souviens est l'anniversaire de Gabi. C'est bien cela ?

Le brusque changement de sujet décontenança Javier. Il y avait une pointe de défiance dans la question. Quelque chose qu'il n'avait pas senti depuis le début du repas. Pendant un moment, il avait même eu la sensation que le lien entre eux se reformait, à un niveau plus profond que la simple attraction physique. Il aurait voulu effacer la peine qui assaillait sa femme, mais elle n'y était pas prête.

La façon dont elle érigeait un mur autour d'elle rappelait à

Javier les derniers mois qu'ils avaient passés ensemble sous ce toit. Peu à peu, Emily avait mis de plus en plus de distance entre eux. Quels que soient ses efforts pour lui faire plaisir, il avait conscience que c'était en vain.

C'était comme du sable glissant entre les doigts. Rien ne parvenait à la ramener vers lui.

Un bref instant, Javier se sentit envahi par la même angoisse désespérée qu'à cette époque.

Pour l'instant, Emily attendait une réponse. Aussi s'arracha-t-il à ses réflexions. Elle voulait qu'il évoque ses derniers souvenirs, et il lui fallait être particulièrement prudent dans ses explications.

— Oui, fit-il. D'ailleurs, il m'a recommandé de ne pas trop chercher à reconstituer ce qui s'est passé depuis, de ne pas trop fouiller le passé.

À dire vrai, le médecin s'était montré tout aussi soupçonneux qu'Emily, sans pour autant le pousser dans ses retranchements, se permettant néanmoins ce qui ressemblait fort à une mise en garde :

« J'ai rencontré votre mère, señor Casas, et cela m'a un peu éclairé. Votre femme est bien différente. Elle ne me semble pas du genre à s'en laisser conter… »

L'avertissement tombait à point nommé.

— Est-ce que tu retrouves les images de cette journée comme si cela venait juste d'arriver ? s'enquit Emily.

Javier choisit de louvoyer.

— Pas tout à fait, répondit-il. Ce sont les seuls souvenirs qui me viennent à l'esprit, mais je me rends compte que du temps a passé depuis. Je vois bien que j'ai vieilli. Et puis, je n'ignore pas que certains événements ont eu lieu…

Il avait volontairement laissé planer l'ambiguïté, et il se rendit compte qu'Emily le fixait.

— En tout cas, je revois parfaitement la tenue que tu portais ce jour-là, ajouta-t-il sans mentir.

L'image était aussi claire à son esprit que si la scène datait vraiment de la veille. Il revoyait précisément la vision époustouflante qu'offrait Emily, dans une combinaison-pantalon immaculée agrémentée d'un décolleté en V à l'échancrure provocante. Les manches, fendues jusqu'au coude, drapaient harmonieusement ses avant-bras, conférant au vêtement une élégance intemporelle.

— Je n'ai oublié, reprit-il, ni ton apparence ni le parfum de ta peau. Pas plus que mon envie de m'éclipser avec toi.

Les pupilles d'Emily se dilatèrent. Javier vit rosir ses joues d'une manière qui lui était délicieusement familière, faisant monter en lui un désir dont il savait que la nuit ne suffirait pas à l'éteindre. Elle entrouvrit la bouche, et il dut se faire violence pour ne pas tendre le bras en travers de la table jusqu'à venir caresser du pouce le renflement de sa lèvre inférieure.

Tout au long de la fête, Javier s'était raccroché à Emily pour tâcher d'ignorer le comportement de sa mère, résolue à voler la vedette à sa fille de seize ans. Au cours des trois années précédant l'anniversaire de Gabi, l'hystérie de Renata avait connu une phase de rémission. Cet heureux intervalle venait de prendre fin avec l'échec de son troisième mariage.

Le cœur battant la chamade, Emily était sur le point de baisser la garde. Ce serait tellement facile de faire comme si les six années passées n'avaient pas existé. De se laisser emporter par une passion qui ne s'était toujours pas démentie.

Comment aurait-elle oublié que les caresses de Javier l'avaient éveillée à la vie, lui faisant découvrir que l'amour s'accompagne de couleurs, de parfums, de saveurs ? Javier l'avait arrachée à l'univers sinistre et terne de son adolescence, lui ouvrant un monde en Technicolor. D'un coup de baguette magique, il avait fait d'elle une femme pleine d'élan, d'enthousiasme.

Emily songea qu'il était urgent qu'elle s'écarte de pensées aussi dangereuses et reprenne pied sur un terrain moins glissant.

— Gabi s'inquiète beaucoup pour toi, dit-elle.

Le regard perçant de Javier sembla accuser Emily d'ignorer la sensualité de ses paroles. Un instant, elle se demanda s'il allait insister. Autrefois, il n'aurait pas hésité.

Pour l'instant, il se contenta de hocher la tête.

— Moi aussi, je m'inquiète pour elle, fit-il. Il me semble qu'elle vit toujours avec ma mère, non ?

Il s'en fallut de peu qu'Emily avoue n'en rien savoir. Mais, s'il avait vraiment perdu la mémoire, Javier ne comprendrait pas qu'elle ignore ce qu'il se passait dans sa belle-famille.

— Oui, bien sûr, répondit-elle, se basant sur les quelques bribes de conversation captées à l'hôpital.

Un froncement de sourcils fut la seule réaction de Javier. Comme par le passé, il se dispensa de partager ses réflexions. Emily n'avait pas oublié la manière dont il la tenait à l'écart de tout ce qui concernait la famille Casas.

Au début, elle avait pensé qu'ils n'étaient pas très proches les uns des autres. Puis, au fil des mois, elle s'était rendu compte que Renata ne cessait de faire appel à son fils, et que celui-ci se précipitait dès qu'elle le sollicitait.

D'ailleurs, elle s'étonnait que Javier néglige de consulter son téléphone portable – un comportement qui tranchait avec ses habitudes.

— Qu'en est-il de ton travail ? s'enquit-elle. Est-ce que tes affaires ne risquent pas de pâtir de ton absence ?

Emily imaginait sans peine la panique et les inquiétudes des employés de Javier à l'idée qu'il souffre d'une perte de mémoire, fût-elle temporaire. À la lecture d'articles de presse, elle avait suivi le déroulement de carrière de celui qui était maintenant à la tête d'un nombre considérable d'entreprises.

Javier balaya sa préoccupation d'un revers de main.

— Pas le moins du monde ! fit-il. Mon assistant assurera l'intérim. Tout ira bien.

Avant qu'Emily n'ait eu le temps de réagir, il se leva et quitta la table en déclarant :

— Voudrais-tu un peu de vin ? Je vais en chercher.

Emily se figea, pétrifiée par son affirmation péremptoire.

« Tout ira bien. »

Tel qu'elle l'avait connu, six ans auparavant, Javier Casas n'aurait jamais imaginé ne pas être indispensable à la bonne marche de ses affaires. Il aurait déjà consacré plusieurs heures à rattraper le temps perdu dans son travail.

Le fumier !

Il mentait ! Cette fois, Emily n'avait plus le moindre doute. Et cette certitude la faisait trembler de rage.

Tout en sortant une bouteille de vin blanc du réfrigérateur, Javier se félicita que tout se déroule au mieux. Pour un peu, il se serait servi un verre, mais l'alcool ne ferait peut-être pas bon ménage avec les antalgiques puissants qui lui étaient administrés. De plus, s'il avait su manœuvrer avec habileté dans les eaux troubles de sa supposée perte de mémoire – face à une Emily aux aguets –, il lui fallait garder intactes toutes ses facultés pour éviter les chausse-trappes.

Regagnant la terrasse, il y trouva Emily absorbée dans la contemplation du canyon au fond duquel coulait le Río Higuerón. Javier s'immobilisa, saisi par un sentiment de déjà-vu tout aussi choquant qu'inopportun. Ses poumons se contractèrent, et le poignard habituel revint lui vriller le flanc.

Combien de fois avait-il imaginé Emily plantée en ce même endroit, dans leur maison de Frigiliana ? Qu'il se soit trouvé à Madrid, Barcelone, ou bien à l'autre bout du monde, c'était exactement là qu'il se l'était toujours figurée.

Javier avait formidablement réussi dans les affaires depuis que son oncle l'avait propulsé à la tête d'une de ses entreprises – conscient que Renata ne partagerait jamais avec ses enfants l'empire du textile qu'elle dirigeait en autocrate.

Dès cet instant, Javier avait mis toute son énergie à prouver à son oncle qu'il était digne de ce cadeau, et à l'indemniser. Il avait fait prospérer l'entreprise au-delà de toutes espérances, puis avait fait l'acquisition de plusieurs sociétés, les unes après les autres. Si Renata avait eu seulement la plus petite notion de la fortune que son fils avait amassée, cela aurait été un véritable… carnage.

À ses débuts, Javier avait été motivé par le besoin forcené de faire ses preuves. Il avait travaillé d'arrache-pied, consacrant le plus clair de son temps à construire son propre empire. Quelque chose que personne ne pourrait lui enlever et qu'il ne serait prêt à partager avec nulle autre personne que… sa femme. Mais cette dernière l'avait quitté le soir même où il se préparait à lui annoncer son succès.

À cette pensée, la main de Javier se crispa autour de la bouteille de vin.

Lorsqu'ils s'étaient mariés, Javier avait prononcé ses vœux avec la ferme intention de s'y tenir. Il était hors de question, pour lui, de reproduire les erreurs de ses parents. Il voulait fonder une famille. Avoir des enfants. Avec Emily, bien sûr !

Comment avait-il pu oublier tout cela ? Posant la bouteille sur la table, il prit une résolution inébranlable.

Il était temps que sa femme réintègre le domicile conjugal.

Si, pour cela, il lui fallait jouer la comédie de l'amnésie, eh bien, Javier n'hésiterait pas. Ce faisant, il s'emploierait à prouver à Emily combien ils étaient faits l'un pour l'autre.

— Je pense que je ferais mieux d'aller au lit, Javier.

L'interpellation de sa femme vint interrompre les réflexions de Javier, mais elle tombait fort à propos.

— Tu as tout à fait raison, *mi amor*, susurra-t-il. Allons-nous coucher.

Se penchant vers Emily, Javier s'accorda le plaisir d'inspirer son doux parfum dont les notes de chèvrefeuille étaient un délice qui l'avait toujours ravi. Tout à coup, son esprit fut envahi par un flot de visions érotiques à lui couper le souffle.

Levant une main, Emily appuya la paume contre son torse. Percevait-elle les battements effrénés de son cœur ? Pris dans une aura de sensualité, Javier était à deux doigts de s'y abandonner lorsqu'une petite voix rompit le charme :

— Javi… Tu sais très bien que le médecin a recommandé que nous fassions chambre à part.

— Il ne m'a rien dit de tel !

L'indignation de Javier était sans détour.

— C'est à moi qu'il a fait cette recommandation, précisa Emily. Ça ira ? Tu te sens capable de te mettre au lit sans mon aide ?

Connaissant Javier, Emily ne doutait pas qu'il relève le défi.

— Bien sûr, affirma-t-il.

Elle en fut soulagée. Il lui aurait été particulièrement difficile d'aider son mari à se coucher sans trahir la colère qu'elle ressentait depuis qu'elle avait percé à jour sa comédie. La fureur bouillonnait en elle, faisant naître sur son épiderme des picotements incandescents, presque douloureux.

Elle gagna la chambre d'amis. Celle qu'elle avait espéré transformer un jour en nursery pour l'enfant qu'elle aurait avec l'homme qu'elle aimait. Mais cet homme avait disparu, remplacé par un inconnu qui dormait dans la pièce voisine. Une larme coula sur la joue d'Emily.

Javier Casas était probablement en train de fomenter un plan pour la reconquérir.

Pour sa part, Emily planifiait leur divorce.

4.

Javier s'éveilla avec un sentiment de sérénité qu'il n'avait pas éprouvé depuis de longues années.

Laissant son regard errer sur la pièce, il constata que la passion de la décoration de sa femme ne s'était pas limitée au rez-de-chaussée. Mais elle semblait ne pas avoir eu le cœur d'enlaidir ce qui avait été leur chambre. Au contraire, les transformations étaient magnifiques. Là où, autrefois, un mur blanc entourait l'immense baie vitrée ouvrant sur la verdure extérieure, elle avait installé une paroi végétale qui rassemblait un nombre incalculable de plantes toutes différentes les unes des autres. C'était comme si la nature avait envahi la pièce.

Lorsqu'il repoussa les draps pour se lever, Javier fut transpercé par la douleur. Un étau enserra ses poumons et la torture térébrante crispa la musculature meurtrie de son flanc.

Cabrón !

Il s'immobilisa le temps que s'atténuent les répliques de la souffrance, s'efforçant de respirer lentement. Du plus loin qu'il se souvienne, Javier n'avait jamais connu pareil sentiment d'impuissance – sauf, peut-être, dans l'enfance, et ce souvenir lui fit serrer les dents. Péniblement il finit par se mettre debout et gagna la salle de bains à pas lents.

Au premier coup d'œil, il lui sembla que la fièvre décoratrice d'Emily s'était arrêtée à la porte. Mais peut-être ferait-il mieux de se méfier… À cette pensée, il ne put se retenir d'un éclat de rire qui se termina en grimace de douleur. Le flacon d'analgésique était posé sur le bord du lavabo, aussi prit-il un comprimé qu'il avala aussitôt.

L'éclairage doré du miroir faisait paraître son visage encore plus pâle. Pour la première fois, Javier prenait conscience de l'étendue de ses blessures. Sa pommette était en train de virer à une teinte mêlant jaune et violet, et les points étaient encore visibles sur son front. Peu lui importait de garder une cicatrice – les gens s'étonnaient souvent du peu de cas qu'il faisait de son physique. La seule chose qui le préoccupait, c'était que l'estafilade le démangeait considérablement. Mais cela semblait être un signe de guérison…

Ce qui ne guérissait pas, en revanche, c'était son désir pour Emily. La savoir endormie dans la pièce voisine faisait naître en lui tant de souvenirs : tous ces matins où il l'avait réveillée avec des baisers et des caresses se concluant par des gémissements de plaisir. Il avait encore sur la langue le goût de son intimité secrète… En un rien de temps, Javier fut en proie à une érection qui le rendit furieux.

Car Emily l'avait privé de tout ça ! De toutes ces années au cours desquelles ils auraient pu être heureux ensemble…

Il s'aspergea le visage d'eau glacée en se demandant combien de temps cela prendrait avant que les médicaments fassent de l'effet. Et combien de temps il lui faudrait pour faire plier sa femme.

La veille, Javier n'avait pu manquer de noter la lueur qui s'allumait dans le regard d'Emily à l'évocation de l'anniversaire de Gabi. Il avait alors senti monter en lui une furieuse envie de céder à la passion.

Mais il n'en ferait rien. Car il avait également lu dans ses yeux inquiétude et confusion.

Parviendrait-il à ébranler sa certitude qu'il lui jouait la comédie ? À certains moments de la soirée, il avait senti Emily prête à fléchir. Comme autrefois, lorsqu'elle lui tenait tête en refusant des cadeaux qu'elle jugeait trop dispendieux et par lesquels il essayait de se faire pardonner ses absences. Le plus souvent, Javier parvenait à ses fins. Patiemment.

En tous les cas, réussir à la faire douter d'elle était déjà une sorte de victoire – presque aussi délectable que celle qui consisterait à la convaincre de réintégrer le lit conjugal.

Emily fixait du regard les volutes de vapeur s'élevant de la deuxième tasse de café qu'elle se préparait à avaler. Elle avait fini par renoncer à chercher un sommeil qui la fuyait obstinément, tant son esprit était occupé par les pensées qui y tournaient en boucle.

À n'en pas douter, Javier avait décidé de la punir pour l'avoir quitté.

Certes, elle avait abandonné le domicile conjugal. Pourtant, son intention n'était pas de rompre. Elle avait sincèrement cru que son mari se lancerait à sa poursuite. Mais il n'avait rien fait de tel. Pas une seule fois il ne lui avait tendu la main.

Parce que tu lui as tendu la tienne, peut-être ?

Non, elle ne s'était pas résolue à quémander, à supplier qu'il vienne la chercher, qu'il lui apporte la preuve de son amour. Cela aurait été bien trop douloureux.

Emily avait alors besoin que Javier fasse le premier pas. Ainsi elle aurait eu la preuve que leur mariage n'était pas une terrible erreur. Que ce n'était pas seulement la conséquence de la passion à laquelle ils s'étaient livrés sans retenue. Qu'il existait véritablement un lien fort entre eux. Et, surtout, qu'elle n'avait pas été la seule à croire à cette union.

Elle sursauta au bruit des pieds nus sur les marches de l'escalier qui descendaient du premier étage. En toute hâte, elle s'obligea à se ressaisir. Javier était manifestement persuadé de réussir à la berner. Mais il oubliait qu'elle le connaissait mieux que personne. Il était clair qu'il la sous-estimait. Il allait voir ce qu'il allait voir ! D'ici peu, il serait à ses genoux, la suppliant de lui pardonner.

Entendre Javier avancer d'un pas hésitant titillait un peu sa conscience, mais Emily n'avait pas oublié la lueur dans le regard de jais, la veille, lorsqu'il l'avait provoquée avec ses remarques pleines de sensualité.

Cette image suffit à raviver sa volonté.

Elle adressa un sourire radieux à son mari.

— Bonjour, *mi amor*, dit-il en s'approchant.

Dans les prunelles sombres, Emily décela de la méfiance. Comme s'il essayait de prévoir sa réaction.

Tout à coup, elle ne put résister à la passion qui l'avait tenue éveillée toute la nuit et céda à une impulsivité qui ne lui ressemblait guère. Si Javier fut surpris par la façon dont elle se leva de sa chaise pour venir se plaquer contre lui et souder ses lèvres aux siennes, il n'en laissa rien paraître. Comme si c'était la chose la plus naturelle au monde, il passa un bras autour de la taille d'Emily et l'attira encore plus près.

Elle avait envisagé d'utiliser sa tactique contre lui – puisqu'il pensait la soumettre en jouant sur le désir qu'il lui inspirait, elle allait lui prouver qu'elle n'était pas la seule à être l'esclave de la passion –, mais Emily n'avait pas imaginé perdre aussi vite le contrôle.

À peine la langue de Javier s'était-elle promenée sur sa lèvre inférieure qu'elle fut à sa merci. Avant même qu'elle ne réalise ce qu'il se passait, Javier prit possession de sa bouche avec une impatience qui éveilla des pulsations irrépressibles dans ses veines et entre ses cuisses. Le grognement qu'elle entendit monter de la gorge de Javier fit se dresser tous les petits cheveux sur sa nuque. Il noua une main à sa chevelure pour lui incliner la tête en arrière afin d'approfondir son baiser et qu'elle s'y soumette sans la moindre résistance. Ce qu'elle fit, voluptueusement, inconsidérément.

L'exaspération se mêlant au désir, Emily lutta pour reprendre le contrôle. Ce fut avec une pointe d'agressivité qu'elle mordilla la lèvre de Javier, et il ouvrit les yeux pour planter dans les siens un regard de braise. L'affolement s'empara d'Emily.

Avec l'impression de chanceler au bord d'un précipice, elle en vint presque à regretter de s'être montrée aussi impulsive. Déjà Javier la faisait reculer contre le mur de la cuisine, sans cesser d'être arrimé à elle. Ses grandes mains étaient partout à la fois. Les larges paumes vinrent enserrer ses seins, palpèrent les tétons aussi durs que des cailloux. Puis, il l'empoigna par les fesses, avec une telle énergie qu'elle ne douta pas de sortir de cet échange aussi endolorie que comblée.

C'était exactement ce dont elle rêvait toutes les nuits. Lorsque son cerveau, assailli d'images érotiques, lui faisait revivre l'époque où Javier ne consacrait pas tout son temps au travail. Où elle-même n'était pas envahie par les doutes et l'inquiétude. Avant qu'elle n'en vienne à se demander si elle n'avait pas tout sacrifié à un homme qui avait déserté sa vie.

Rejetant la tête en arrière, Emily s'abandonna à la sensation délicieuse d'être livrée à l'avidité de Javier. Lorsqu'il la plaqua contre son érection, elle en perdit le souffle. Elle se mordit la lèvre pour s'empêcher de supplier. Pour retenir dans sa gorge les paroles incohérentes qui imploreraient, réclameraient, insisteraient. Dans son cœur, le désir le disputait à la colère.

D'une main habilement glissée sous son genou, il lui prit une jambe pour la nouer autour de sa taille. Ce faisant, il se pressa encore plus étroitement contre elle. Là où elle sentait des décharges électriques la transpercer. C'était instinctivement qu'elle répondait à sa demande muette en faisant aller et venir son bassin contre celui de Javier, exacerbant sa propre excitation en même temps qu'elle le provoquait.

Le regard vrillé au sien ne réclamait qu'une seule chose : qu'elle se laisse aller. Sous cette sollicitation impérieuse, Emily sentait monter l'orgasme. Le plaisir manifeste que Javier prenait à ce spectacle ne faisait que la stimuler. Ses muscles internes se crispaient convulsivement tandis qu'elle était submergée par des vagues brûlantes du désir. Elle voulait davantage. Car elle n'avait rien oublié du plaisir intense de l'accueillir en elle. Ni ce que c'était d'être possédée par cet homme. Qu'il la fasse sienne.

Comme si elle avait reçu un seau d'eau glacée en pleine figure, Emily se raidit brutalement. Elle faillit hurler. *Non !*

Il était hors de question qu'il la possède à nouveau. Elle n'y survivrait pas.

— Qu'y a-t-il ? murmura Javier, alarmé par le changement d'attitude d'Emily.

Il chercha à prendre son visage entre ses mains, mais elle se dégagea en gigotant.

— Désolée, je…

Sans en dire plus, Emily échappa à son étreinte.

Il la dévisagea, s'efforçant de reprendre une respiration paisible malgré ses poumons endoloris. Mais aucune des séquelles de son accident ne le mettait à la torture comme le coup de poignard que venait de lui infliger Emily.

— Tu vas bien ? s'enquit-il.

— Parfaitement bien, martela Emily.

Le sourire qu'elle lui adressait était aussi factice que le perroquet géant dans le salon.

— J'avais juste oublié que je dois sortir, ajouta-t-elle.

— Sortir ?

Cristo !

Javier s'en voulait de paraître aussi stupide. Mais il avait un peu de mal à refaire fonctionner son cerveau encore embrumé par les vestiges du fantasme auquel il avait failli céder : celui de refaire l'amour à sa femme à même la table.

— Oui, je sors.

Les yeux écarquillés, les pommettes écarlates, les cheveux en désordre, Emily regardait autour d'elle d'un air égaré, comme si elle cherchait son sac, ou bien ses clés peut-être.

— Mais pourquoi as-tu besoin de sortir ? demanda Javier, s'étonnant lui-même de cette conversation sans queue ni tête.

Sans prendre la peine de lui répondre, Emily se précipita vers la porte d'entrée qu'il entendit claquer derrière elle. Luttant pour contenir ses émotions, Javier gagna la cuisine pour se faire couler un café. Il lui fallait de toute urgence avaler quelque chose pour effacer le goût des baisers sur sa langue. Rajustant son pantalon afin de soulager la pression de l'étoffe sur son anatomie, il songea qu'Emily avait réveillé son désir avec la même facilité qu'un magicien tire des foulards de soie de ses poches. À la seconde où elle s'était emparée de ses lèvres, il avait perdu tout contrôle de lui-même, ne reprenant ses esprits que lorsqu'elle s'était écartée.

S'interrogeant sur les effets dévastateurs qu'elle avait sur lui, Javier emporta son café et s'installa à la table du patio. Il venait juste de s'asseoir lorsque son téléphone vibra.

Comment se déroule l'OP AM ?

Le message de Santiago était des plus énigmatiques, aussi répondit-il par une interrogation.

OP AM ??

La réponse vint sur-le-champ :

Opération Amnésie. Je suis tout prêt à faire une offre pour l'adaptation au cinéma.

Javier était encore en train de se demander comment il devait réagir à la plaisanterie de son ami, lorsqu'un nouveau message apparut :

Tu as récupéré Emily ?

Santi était présent le soir où Javier avait fait la connaissance d'Emily. Lui-même venait de trouver le courage de demander en mariage Mariana, dont il était éperdument amoureux. Par la suite, il ne s'était pas privé de dispenser moult conseils à son ami de toujours, au prétexte que sa vie conjugale était un modèle de réussite. Les deux hommes avaient même failli en venir aux mains quand Javier avait obstinément refusé de se lancer à la poursuite d'Emily qui venait de le quitter. C'était la seule véritable dispute qui ait jamais opposé les deux amis.

Javier avait été incapable d'expliquer à celui qu'il considérait comme son frère à quel point la subite trahison d'Emily – son départ sans la moindre explication – ravivait en lui des blessures mal cicatrisées.

En dépit de ce différend, Javier et Santiago continuaient à être comme les deux doigts de la main. C'était grâce à celui-ci, et à son immense talent de réalisateur, que Javier avait gagné son premier million.

Cela avait été un pari téméraire que d'investir lourdement dans le premier film de Santi. Pour parer à un échec éventuel, Javier avait mis les bouchées doubles dans son travail, allant jusqu'à y consacrer des journées de dix-neuf heures.

Il avait eu grandement raison de faire confiance au génie de cinéaste de son ami. La réussite de ce premier film avait été spectaculaire. À partir de là, Javier était devenu l'un des principaux investisseurs de Santiago – l'industrie du cinéma lui garantissant des revenus plus que substantiels qu'il faisait ensuite fructifier dans de très nombreux secteurs.

Cependant, tout cela n'avait qu'une importance très relative au regard de la question de Santi : « Tu as récupéré Emily ? »

La main crispée sur son téléphone, il pianota rageusement :

Pas encore. Mais ça ne saurait tarder.

Emily frictionna ses mollets endoloris d'avoir arpenté le lacis de ruelles escarpées au cœur de Frigiliana. Mais la douleur physique avait l'avantage de lui faire oublier la souffrance morale qui l'avait jetée hors de la villa. Elle regrettait tellement de s'être laissé dominer par l'effet que Javier continuait à avoir sur elle.

Dire qu'elle avait pensé lui tenir la dragée haute ! Manifestement, elle ne pouvait faire confiance à sa maîtrise d'elle-même face à cet homme. À simplement se remémorer cet épisode, elle sentait son pouls s'accélérer et son visage s'embraser.

Lorsqu'elle s'était sauvée de la villa, Emily n'avait aucun but précis. Ses pas l'avaient menée le long des rues pavées, illuminées par la spectaculaire floraison des bougainvillées, qu'elle avait si souvent parcourues avec Javier, main dans la main ou blottie contre son épaule. À l'époque, sous le soleil d'Andalousie et les caresses de son époux, elle s'était sentie devenir la femme qu'elle avait toujours souhaité être.

Une femme heureuse et lumineuse, éclatante de vie. À des milliers de lieues de ce qu'elle avait connu avec sa mère et Steven : cet univers d'ennui, immergé dans des teintes affreusement ternes. C'était à se demander comment sa mère acceptait toute cette grisaille, et Emily ne pouvait s'empêcher de lui en vouloir.

Car celle-ci avait été une tout autre femme durant l'enfance d'Emily. En ce temps-là, sa mère était vive et joyeuse. Sous l'influence de Steven, elle s'était éteinte. Peu à peu, Emily l'avait vue se transformer, sacrifiant tout à son mari, renonçant à ce qu'elle était pour ne plus exister qu'à travers lui. Jusqu'à ne plus être que l'ombre de celle qu'Emily avait connue.

Effaçant une larme sur sa joue, elle repoussa ces tristes pensées et s'absorba dans la contemplation de l'animation de la petite ville. Tout était presque identique aux souvenirs qu'elle en avait gardés, qu'il s'agisse des boutiques colorées ou des charmantes courettes derrière les grilles écaillées. Continuant son chemin, Emily repéra une nouvelle échoppe. À l'extérieur du magasin, un panneau d'affichage retint son attention. Il comportait diverses annonces et publicités locales. La plus remarquable était la photo du chat le plus laid qu'Emily ait jamais contemplé. D'ailleurs, il attirait les rires et les quolibets des quelques passants. Elle s'approcha pour lire le texte qui commençait par ces mots :

En attente d'adoption. Attention, animal possédé par le démon !

Se retenant d'éclater de rire, Emily poursuivit sa lecture. La bête, était-il précisé, avait pour habitude de cracher, mordre et griffer. En fait, il s'agissait d'une femelle, particulièrement agressive avec la gent masculine. Ses séjours dans plus d'une demi-douzaine de foyers n'avaient jamais excédé deux jours. La note se terminait par une mise au défi de l'adopter… si on l'osait.

Plissant les yeux, un petit sourire remontant les commissures de ses lèvres, la jeune femme se mit à échafauder un plan.

Deux heures plus tard, Emily sortit du taxi qui l'avait ramenée à la villa et demanda au chauffeur de l'aider avec ses multiples paquets – lesquels comprenaient… une cage de transport pour chats.

Tout en cherchant la clé dans son sac à main, Emily se sentait tout excitée à l'idée du nouveau tour qu'elle se préparait à jouer à son mari. Rivaliser de perfidie avec lui devenait un jeu addictif. Pour la première fois depuis des années, elle trouvait matière à se divertir. Se mesurer à l'intelligence tortueuse de Javier lui offrait une stimulation cérébrale à laquelle elle risquait fort de prendre goût.

Lorsqu'elle ouvrit la porte, ce fut pour laisser échapper une exclamation horrifiée. Javier était allongé par terre et il se tenait la tête. Affolée, Emily se précipita vers lui.

— Javi, ça va ? s'écria-t-elle. Que s'est-il passé ?

Des larmes dans la voix, elle tremblait de tous ses membres.

Esquissant une petite grimace, Javier fit rouler sa tête d'un côté à l'autre, jusqu'à poser les yeux sur la porte ouverte. De nouveau la confusion envahit son regard.

— Emily ! Qu'est-ce que c'est que ça ? s'exclama-t-il en désignant la cage d'un doigt.

5.

Mierda !

Tout ça, c'était la faute de ce fichu perroquet !

Alors qu'il regagnait le salon depuis le patio, son téléphone dans une main et son mug de café dans l'autre, Javier avait sursauté à la vue de l'oiseau géant.

Renversant du café autour de lui, il avait glissé sur le dallage sans pouvoir se retenir, manquant probablement d'équilibre à la suite de son accident. Au comble de l'humiliation, il s'était retrouvé par terre, le souffle coupé, toutes ses douleurs ravivées.

Ce maudit volatile ne perdait rien pour attendre !

Pour l'instant, il espérait qu'Emily allait se décider à répondre à sa question. L'air un peu hésitant, elle laissait son regard aller de la cage à Javier et mordillait sa lèvre inférieure.

— C'est… heu…, c'est notre…, balbutia-t-elle.

Elle semblait incapable de produire une explication valable. S'il n'avait pas été aussi endolori, Javier aurait éclaté de rire.

Oh ! Seigneur, qu'a-t-elle encore inventé ?

Il scruta les pupilles claires qui le fixaient avec férocité à travers les barreaux de la cage en osier. L'animal tendit une patte munie de griffes dangereusement menaçantes.

— Nous avons un chat ? demanda Javier, tout en sachant pertinemment que cela n'avait jamais été le cas.

Emily hocha la tête, et sa crinière blonde fit comme un halo chatoyant autour d'elle.

— Oui, fit-elle. Une chatte, plutôt. J'étais allée la chercher à la pension pendant que tu…

Manifestement mal à l'aise, elle eut un geste vague de la main. Décidément, songea Javier, sa femme ne serait jamais une bonne joueuse de poker !

Mais il était tout aussi évident qu'elle ne croyait pas une seconde à son amnésie et qu'elle avait trouvé une nouvelle façon de le contrarier pour lui faire payer son mensonge. Jamais Javier n'avait contemplé quoi que ce soit d'aussi laid que ce chat. Pour commencer l'horrible animal semblait entièrement dépourvu de poils. Mais, au lieu de s'en étonner, il préféra demander :

— Comment s'appelle-t-elle ?

Emily marqua une pause, avant de répondre d'une voix étranglée :

— Elle s'appelle Diabla.

Cette fois, Javier ne put se retenir d'éclater de rire. Une diablesse ! Le nom n'aurait pu être plus approprié.

Pas question de donner à Javier la satisfaction de percevoir la peur qu'il venait de lui faire ! s'exclama Emily *in petto*.

Lorsqu'elle l'avait découvert au sol, elle avait cru que son cœur s'arrêtait de battre, avant de redémarrer à cent à l'heure. C'était la deuxième fois que Javier la soumettait à pareille frayeur. Cela faisait un peu trop.

Sans se soucier de l'aider à se relever – elle était bien trop en colère pour cela –, Emily alla ouvrir la cage de Diabla. L'animal bondit hors de sa prison, marquant seulement une pause pour siffler et cracher en direction de Javier. Puis elle détala à la vitesse de l'éclair. À la grande surprise d'Emily, la seule réaction de Javier fut de redoubler de rire.

Se contentant de lui apporter deux comprimés d'antalgiques et un verre d'eau, Emily gagna sa chambre où elle s'enferma à double tour.

Pendant une heure entière, elle se consacra à répondre à ses e-mails et à répartir les tâches entre les membres de son équipe. Depuis la création de son agence, elle ne s'était jamais absentée aussi longtemps. Contrairement à Javier, elle ne pouvait pas compter sur des dizaines d'assistants capables d'assurer le bon fonctionnement de son entreprise, songea-t-elle avec agacement. Néanmoins, elle était un peu injuste en pensant cela. Javier ne devait sa réussite qu'à son travail acharné. Jusqu'à ce qu'il finisse par en devenir obsédé, et passe le plus clair de son temps loin de sa femme.

Après quatre heures consacrées à son travail, Emily décida d'aller se rafraîchir dans la piscine. Enfilant un bikini qu'elle avait abandonné à la villa, elle s'enveloppa d'un peignoir et descendit au rez-de-chaussée aussi discrètement que possible. Elle ne se sentait pas prête à affronter Javier. Il lui avait débité trop de mensonges, et elle en était meurtrie.

Et puis, elle ne pouvait que s'inquiéter du pouvoir qu'il gardait sur elle, quand le divorce était la seule perspective envisageable. Car, vraiment, à quoi rimait cette relation ?

Avant de gagner la piscine, elle fit halte dans la cuisine afin de nourrir Diabla. Secouant le sac de croquettes pour l'attirer, Emily ne put s'empêcher de sursauter en découvrant le regard perçant qui l'observait depuis la porte. Elle espérait que le refuge pour chats avait fait une réputation abusive à cette pauvre bête. Après tout, Diabla était peut-être incomprise à cause de son apparence assez rebutante. Cependant, si elle se montrait agressive avec Javier, Emily n'en serait pas mécontente.

Au-dehors, le soleil était encore assez haut pour la réchauffer, et elle s'assit à l'extrémité du bassin. Les oiseaux gazouillaient, les feuilles des arbres bruissaient doucement, au loin une chèvre bêlait... Cela faisait bien longtemps qu'Emily n'avait pas connu pareille quiétude. Inhalant le parfum des citronniers, elle se demanda si elle n'avait pas eu tort de quitter un tel paradis.

Dire que l'incident à l'origine de son départ était lié à une simple robe !

Enfin, « simple » n'était pas le terme adéquat. Elle avait

découvert cette magnifique tenue, étincelante de paillettes, son lit, un soir, à côté d'une invitation pour le lancement du film réalisé par Santi, le presque frère de Javier.

La robe était splendide, mais Emily l'avait trouvée à son retour d'une réception organisée par sa meilleure amie où son mari n'était jamais venu, contrairement à ce qu'il avait promis, et où elle l'avait désespérément attendu.

Elle avait alors eu la certitude qu'il serait au-dessus de ses forces de se rendre à la première du film de Santi, refusant de s'exposer à l'humiliation de se donner en spectacle. Car, des longs mois de solitude l'avaient menée au bord d'un désespoir qu'elle ne parvenait plus à contenir et qu'elle risquait de laisser éclater en public. Le pire était la crainte que, même si cela arrivait, rien ne changerait dans sa vie. Au tréfonds d'elle-même, Emily redoutait de découvrir qu'elle avait lié son sort à un homme qui ne lui rendrait jamais son amour.

Écrasant une larme sur sa joue, elle agita les jambes dans l'eau. Puis, le cœur lourd, elle se laissa glisser dans le bassin.

Les longues heures pendant lesquelles sa femme s'était claquemurée dans sa chambre n'avaient pas manqué de déstabiliser Javier. Il détestait cette impression d'être mis à l'écart, de rester dans l'attente. *Cristo*, c'était presque pire que lorsqu'il la savait à Londres !

D'accord, il ne doutait pas de lui avoir fait peur lorsqu'elle l'avait retrouvé au sol. À vrai dire, il s'était fait peur lui-même.

Javier fit rouler son épaule et constata qu'il pouvait ajouter une nouvelle douleur à sa collection. La souffrance physique était une chose qu'il avait pratiquement oubliée, tant cela remontait à un passé lointain dans sa vie. Pensivement, il passa les doigts sur la cicatrice ornant toujours sa clavicule. Il avait sept ans lorsqu'il avait appris à ses dépens qu'il ferait mieux de se dispenser d'avoir quelque accident que ce soit.

À l'occasion d'une chute de vélo, Javier s'était fracturé la clavicule, mais sa mère avait refusé de s'occuper de lui en clamant qu'il cherchait seulement à faire l'intéressant pour lui gâcher la journée. Ce n'était que le lendemain que son instituteur, ayant compris que quelque chose n'allait pas, l'avait envoyé à l'hôpital.

Javier se souvenait très bien de la réaction de Renata. Elle avait imploré le ciel, demandant pourquoi elle était affligée d'enfants aussi pénibles : Gabi, qui ne cessait de pleurnicher, et Javier, qui n'était bon qu'à réclamer son attention.

Les choses se seraient déroulées bien différemment si Javier avait eu cet accident alors que sa mère était dans l'un de ses « bons jours ». Elle se serait alors précipitée avec lui à l'hôpital le plus proche, déployant des trésors de dévouement pour s'attirer les louanges qu'aurait méritées la mère parfaite qu'elle prenait parfois plaisir à incarner. Malheureusement, ce n'était pas un bon jour ! Renata venait juste de rompre avec son second époux, et elle se montrait particulièrement difficile dans ce genre de circonstances. Cependant, l'enfant qu'était alors Javier n'avait pu s'empêcher de gémir :

S'il te plaît, mamá. J'ai mal.

Rien qu'à ce souvenir, il sentait monter la nausée. Même aujourd'hui. Il n'avait jamais raconté à personne son enfance auprès de Renata. Santi avait en partie deviné, mais même lui ne pouvait imaginer à quel point il était terrifiant pour un enfant d'être élevé par une mère dont on était incapable de prévoir l'état d'esprit du moment. L'affection débordante pouvait laisser place à la plus cruelle méchanceté en un éclair. Dans la famille, on excusait habituellement ces sautes d'humeur en les attribuant au tempérament « théâtral » de Renata. Cependant, Javier avait toujours soupçonné son oncle Gael de ne pas être dupe.

C'était lui, le frère de Renata, qui avait pris Javier sous son aile pour pallier l'absence du père. Dès que son neveu avait atteint l'âge de quatorze ans, il l'avait initié au fonctionnement des différents secteurs d'une entreprise. Puis, à dix-huit ans, Javier s'était vu confier les rênes d'une petite affaire de livraison. Ce cadeau de son oncle dépassait toutes les espérances de Javier. En effet, il n'ignorait pas que sa mère ne lui ferait jamais une place dans l'empire du textile dont elle-même avait hérité.

Lorsque Javier avait eu l'audace de lui demander si, un jour, elle lui en confierait la direction, Renata l'avait fixé avec un sérieux que Javier ne lui connaissait pas, avant de répondre sur un ton péremptoire : « Jamais ! »

C'était à son oncle que Javier devait sa réussite professionnelle. Pourtant, celui-ci avait eu beau lui mettre le pied à l'étrier, Javier ne pouvait s'empêcher de lui en vouloir pour avoir permis à sa sœur de s'en tirer à si bon compte. Et c'était ce fond de rancœur qui l'avait poussé à se lancer tête baissée dans la production du film de Santi – en sachant que Gael ne l'approuverait pas.

Tous ces souvenirs éveillaient en Javier des émotions complexes, le menant au bord d'un précipice qu'il se refusait d'approcher. La présence d'Emily l'obligeait à éprouver des sentiments dont il s'était tenu à l'écart au cours des six années précédentes. De la même manière, il n'avait pas voulu voir leur relation se déliter progressivement tout au long des mois où les tensions n'avaient cessé de s'accumuler entre eux. Il avait refoulé la conscience de son échec. Le sentiment de décevoir tout le monde : Emily, Gael…

« Tu es comme ton père. Un lâche. Un incapable. »

Javier cogna le mur avec le côté de son poing serré. Non ! Il n'avait rien de commun avec son père. Il n'était pas lâche, et il n'abandonnerait pas la partie. Il allait arranger les choses avec Emily. Elle lui reviendrait, et ils seraient heureux ensemble, nom d'un chien !

Car Javier était certain qu'elle tenait toujours à lui. Il l'avait lu dans son regard lorsqu'elle l'avait trouvé par terre. Il conservait sur la langue la saveur de son désir pour lui, lorsqu'elle l'avait embrassé le matin même en se cramponnant à sa chemise. Il savait !

D'un pas décidé, Javier gagna le rez-de-chaussée puis se dirigea vers la piscine. Il sentait bouillonner en lui tout ce qu'il n'avait jamais dit à Emily, toutes les discussions qu'ils n'avaient pas eues, toutes les colères qu'ils avaient refrénées. Oh ! ils avaient connu la passion à en revendre, certes. Mais, au cours des derniers mois qu'ils avaient passés ensemble, Emily était progressivement rentrée dans sa coquille, lui échappant comme du sable vous coule entre les doigts. Cette fois, il ne la laisserait pas faire.

Approchant du bassin, il s'alarma de ne pas la localiser. Pourtant, il savait qu'Emily était là. Il l'avait suivie du regard depuis la fenêtre.

Un éclair blanc glissa dans l'eau. Ainsi, elle avait mis le maillot qu'il l'avait convaincue d'acheter, six ans plus tôt. Il lui avait fait promettre de le porter souvent, juste pour le plaisir d'en dépouiller son corps ravissant.

S'approchant, il la découvrit au fond du bassin, étonnamment immobile, ses cheveux flottant autour d'elle comme des filaments de soie dorée. Peu à peu, Javier sentit l'inquiétude le gagner. Sa respiration se fit haletante tandis qu'il imaginait la façon dont les poumons d'Emily devaient être comprimés. Pourtant, elle ne donnait pas signe d'être prête à refaire surface. Peu à peu la panique l'envahit.

Soudain, il n'y tint plus. *Basta ya !*

Sans plus réfléchir, Javier plongea.

Quelque chose s'enroula autour d'Emily et, sous le choc, elle essaya de crier. Mais l'eau pénétra dans sa bouche, la faisant tousser et cracher. Se sentant tirée à la surface, elle ouvrit les yeux pour découvrir Javier, ruisselant.

Le cœur battant, furieuse à cause de la frayeur qu'il lui avait infligée, elle se mit à lui distribuer de vigoureuses claques sur les bras. Ce à quoi il répondit en la secouant par les épaules.

Non pour lui faire mal, mais comme exutoire manifeste à sa frustration et à sa peur. De nouveau, elle le frappa.

— Pourquoi tu fais ça ? protesta-t-il.

— Parce que tu l'as bien mérité !

— Probablement. Mais pourquoi ?

Parce que tu me mens. Parce que j'ai tout quitté à Londres, pour toi. Parce que je te désire, et que je ne le veux pas !

C'était en son for intérieur qu'elle s'était laissé aller à crier cela, et Javier la regardait d'un air perplexe.

— Que faisais-tu au fond du bassin ? demanda-t-il.

— Je respirais, que croyais-tu ? rétorqua Emily d'un ton railleur.

Elle vit se crisper la mâchoire de Javier – l'un de ses très rares tics –, et elle déglutit.

Tout se mélangeait dans l'esprit d'Emily : les péripéties et les soucis des derniers jours, le souvenir de cet époux qui n'avait même pas prêté attention à la seule chose qui comptait pour elle... Une douleur sourde lui serra la poitrine. Son cœur battait la chamade, meurtri par le déferlement des vagues successives d'images du passé.

— Qu'est-ce qu'il y a, *mi vida* ? reprit Javier en écartant de sa joue une mèche humide. Parle-moi, je t'en prie.

Il l'entourait de ses bras, la dévisageant avec l'attention qu'Emily lui avait connue autrefois, déversant sur elle des flots de sollicitude inquiète. Soudain, elle retrouvait l'homme qu'elle avait côtoyé dans les premiers temps de leur histoire : celui qui voulait partager ses secrets et demandait à connaître ses moindres désirs pour les réaliser ; celui qui attendait qu'elle s'ouvre à lui de ses blessures pour l'aider à en guérir. De nouveau, elle avait devant elle le Javier dont elle était tombée follement amoureuse, et elle aurait donné n'importe quoi pour croire qu'il souffrait vraiment d'amnésie.

Emily aurait tant aimé croire qu'il ne lui avait pas menti juste pour satisfaire des motivations égoïstes ! Elle aurait aimé ne pas avoir à se soucier de ce qu'il adviendrait le lendemain, ou dans les jours à venir. Elle voulait profiter de l'instant présent. Profiter de son mari.

Il avait refermé une main sur sa joue et dardait sur elle un regard pénétrant, comme s'il essayait de percer à jour un mystère qu'elle n'était pas le moins du monde prête à lui révéler. La chemise de lin blanc, devenue transparente, collait à ses pectoraux, et Emily sentait le contact rugueux de l'étoffe du pantalon noir sous l'eau. Se maintenir à flot dans la partie la plus profonde de la piscine exigeait d'eux un effort qui les mettait au bord de l'essoufflement. Sans s'embarrasser d'explications, Javier leur fit gagner à la nage l'endroit où ils avaient pied.

Il n'eut aucun mal à les y ramener, avec des mouvements souples créant autour d'eux de délicieux remous, jusqu'à ce qu'Emily sente la margelle dans son dos. Encerclée par les bras de Javier, elle ne se sentait nullement prisonnière mais plutôt protégée. Et, tandis que le jour baissait, dans cette piscine à l'abri des regards, elle se dit que tout était possible. Cette idée était comme un murmure enchanteur à son oreille.

L'intensité qu'elle lisait dans le regard de Javier l'imprégnait tout entière, lui donnant l'impression de sentir une caresse lascive sur sa poitrine. Appuyé d'une main au rebord du bassin, Javier la maintenait fermement avec l'autre, même si elle avait déjà pied à cet endroit. Le contact des longs doigts était comme une vive brûlure à son côté, et elle fut secouée de violents frissons.

— Tu as froid, *querida* ?Tout en mordillant sa lèvre inférieure, Emily secoua la tête. Elle ne cessait de dévisager Javier, ne perdant pas une miette de la façon dont le regard de jais ne cessait d'aller et venir de sa bouche à ses yeux. De même qu'elle ne put ignorer le moment où ses pupilles s'élargirent. Dans leurs profondeurs en fusion se lisaient la promesse de la plus ardente passion et l'excitation qu'elle faisait naître en lui. Il n'était plus question de dissimulation. Emily était submergée par le désir. Aussi ferma-t-elle les yeux, et s'abandonna-t-elle.

— Embrasse-moi, supplia-t-elle.

Peu lui importait, désormais, de se laisser aller à implorer. Javier lui avait toujours fait cet effet.

Il avait toujours suscité en elle cette attente impérieuse. Et cette soumission totale, absolue.

Javier Casas, celui que toute la presse surnommait « l'homme qui a déjà tout », n'avait jamais autant désiré quelque chose de sa vie.

Sa femme était entre ses bras et le suppliait de lui faire l'amour. Mais cela lui était impossible. Pour la simple et bonne raison qu'il n'avait pas cessé de lui jouer la comédie depuis qu'ils s'étaient retrouvés.

Qu'Emily en soit parfaitement consciente ne changeait rien au problème. Javier était en proie à un combat opposant sa conscience et la puissance du désir qu'il éprouvait. La supplication prononcée par cette bouche sensuelle n'était-elle pas une invitation irrésistible au plus doux des péchés ?

« Embrasse-moi. »

L'injonction avait franchi des lèvres qu'il avait tant de fois embrassées, sans jamais s'en lasser. Les souvenirs assaillaient Javier : le rire d'Emily contre sa bouche ; ses gloussements qu'il suscitait en ne faisant qu'effleurer certains endroits de son anatomie ; ses soupirs, lorsqu'il glissait une main entre ses cuisses ; les gémissements accompagnant sa montée vers l'orgasme ; la façon dont elle psalmodiait son prénom au moment où la jouissance l'emportait… Tout cela ne cessait d'ajouter à son désir, jusqu'à balayer en lui les derniers vestiges de sa raison.

S'il avait craint qu'Emily soit effarouchée par la passion avec laquelle il s'emparait de sa bouche, Javier n'aurait pu se tromper davantage. Bien au contraire, elle s'embrasa comme de l'amadou. Ses lèvres s'ouvrirent dès que les siennes se posèrent dessus. Une urgence fébrile s'empara d'elle. Se hissant sur la pointe des pieds, elle noua les bras autour de son cou et se pressa contre lui. Javier sentit le sang bouillonner dans ses veines. Le goût d'Emily sur ses lèvres était un véritable don du ciel le ramenant à une réalité qu'il avait cru avoir oubliée. Son cœur battait si fort qu'il eut la tentation d'y appuyer la main pour le maintenir en place.

Encouragé par les petits gémissements impatients d'Emily – ceux qu'il avait appris à décoder lorsqu'il caressait ou titillait les endroits les plus sensibles de son anatomie –, il l'attira tout contre sa puissante érection. Le petit cri étouffé qui vint se perdre dans sa propre bouche plongea Javier dans le plus complet ravissement.

Tout doucement, par petits coups qu'il administrait à Emily avec son nez, il lui fit incliner la tête en arrière, de manière à pouvoir lui mordiller délicatement le cou puis l'épaule. Elle tressaillit, et Javier accompagna de la pointe de la langue les vagues de frissons qui la secouaient.

Passant l'index sous l'une des bretelles du bikini, il la fit glisser le long du ravissant bras rond en souriant. Si Emily avait eu connaissance du prix indécent de ces quelques bouts d'étoffe, elle n'aurait sûrement jamais accepté de les porter.

— À la seconde où j'ai vu ce maillot, dit-il en lâchant la bretelle pour suivre du doigt la lisière du tissu, je me suis imaginé en train de te l'enlever.

Javier tira sur le petit triangle pour délivrer un sein. Lorsqu'il en aspira la pointe dans sa bouche, il se délecta de sentir Emily creuser les reins et tendre sa poitrine dans une invite silencieuse à ce qu'il pousse plus loin ses caresses. Refermant la main sur son sein, il titilla du pouce le mamelon dressé, puis le prit à nouveau dans sa bouche avant d'honorer l'autre, incapable de résister à l'envie d'y goûter également.

Nouant les jambes autour de ses hanches, Emily vint plaquer le cœur de sa féminité contre son sexe tendu, ondulant en un mouvement qui était une exquise torture.

Javier continua à l'exciter de la pointe de la langue sur ses seins, mais s'interrompit pour murmurer :

— Quand tu as porté ce bikini aux fiançailles de Santi et Marina, j'ai failli avoir une attaque. Comme je te l'ai dit ce jour-là, je t'interdis de le porter en public, *mi amor.*

S'écartant de lui, Emily le dévisagea avec un regard étonnamment sombre.

— Les fiançailles de Santi et Marina ? fit-elle.

— Oui, répondit Javier. Tu ne te souviens pas ?

Échappant à son étreinte, Emily se hissa sur le bord du bassin et ramassa son peignoir.

— Si, je m'en souviens très bien, répliqua-t-elle. Mais cela ne devrait pas être ton cas.

L'esprit vide, Javier la regarda s'éloigner. Jusqu'à ce que son érection se dissipe et qu'il prenne la mesure de ce qui venait de se passer. Avec une imprécation sonore, il frappa l'eau du plat de la main, envoyant une vague inonder la margelle. La fête de fiançailles de Santi et Marina avait eu lieu peu de temps avant qu'Emily le quitte. Bien après le seizième anniversaire de Gabi.

La partie était terminée. Ce n'était plus la peine de jouer la comédie. Submergé par un mélange de frustration et de colère, Javier songea que c'était probablement mieux ainsi. Désormais, plus rien ne l'empêchait de faire ce qu'il fallait pour qu'Emily lui revienne.

6.

En son for intérieur, Emily suppliait que Javier ne se lance pas à sa poursuite. Qu'il lui accorde le temps de recouvrer ses esprits. L'eau dégoulinait de ses cheveux. Elle tremblait de froid, et cela ridiculisait le feu qui avait couru dans ses veines quelques instants plus tôt, quand le désir la tenaillait.

« Embrasse-moi. »

Dire qu'elle avait imploré. La honte la submergeait.

Et elle aurait continué à quémander si les mots prononcés par Javier n'avaient pas fait éclater la bulle dans laquelle tous deux s'étaient enfermés. Emily savait qu'elle aurait pris tout ce qu'il était prêt à offrir et se serait livrée bien au-delà de ce qu'elle souhaitait. Elle porta les doigts à ses lèvres encore gonflées par des baisers dont l'issue était inévitable : le sexe. Javier l'avait embrassée en prenant entièrement possession d'elle, comme chaque fois. Elle secoua la tête, horrifiée par sa propre faiblesse. C'était tellement humiliant de se savoir incapable de résister à cet homme !

— Emily !

L'appel furieux résonna contre les murs de pierre de la maison. Pour un peu, Emily se serait mise à courir. Elle n'avait pas peur de Javier, mais elle était incapable d'imaginer ce qu'il allait advenir maintenant que les mensonges de son mari avaient volé en éclats.

Cela faisait six ans qu'ils évitaient ce moment. Qu'ils éludaient l'explication sur les raisons de son départ, les raisons de l'échec de leur couple.

Oh ! Seigneur !

Emily n'était pas prête à pareille discussion en cet instant. Pas dans ce bikini détrempé qu'elle retenait d'une main. Pas tandis qu'elle frémissait encore de désir. Elle gravit quatre à quatre l'escalier qui menait à l'étage, et claqua la porte de la chambre d'amis à l'instant où elle entendit son mari entrer dans la maison. Nerveusement, elle s'empara du couvre-lit dont elle s'entoura, s'efforçant d'empêcher ses jambes de trembler.

— Emily, grommela Javier à travers la porte.

— Je t'interdis de me parler sur ce ton ! s'écria-t-elle. Tu oublies que tu m'as joué une comédie honteuse ?

— Et toi, que tu as rempli notre maison de la camelote la plus horrible ! Rien n'excuse cet abominable perroquet !

— Savoir que mon mari me ment effrontément, ce n'est pas une excuse suffisante, peut-être ?

— Ouvre-moi, Emily ! Je refuse d'avoir cette conversation à travers une porte.

Il était clair que Javier était hors de lui. Même si elle ne le craignait pas véritablement, Emily ne savait trop ce qu'il était capable de faire.

— Je…, je n'ai pas envie de te voir pour l'instant, bredouilla-t-elle.

— Écarte-toi !

— Qu'est-ce que tu… ? Non, je…

À l'instant où elle entendit le craquement du panneau de bois, Emily fit un bond en arrière. Elle sursauta lorsqu'un nouveau craquement retentit et que la porte sortit de ses gonds.

— Javi ! Qu'est-ce que tu fais ? hurla-t-elle.

La porte s'effondra presque totalement dans la pièce, seulement retenue par une charnière, révélant un Javier aux vêtements détrempés, pieds nus, dont les épaules se soulevaient au rythme de sa respiration haletante. Il semblait à deux doigts d'exploser.

— Je tiens à te voir en face quand tu vas m'expliquer pourquoi tu m'as quitté il y a six ans, sans le moindre avertissement, tonna-t-il. Cette fois, il n'est pas question que tu ailles te cacher où que ce soit.

Sourcils froncés, Emily combla la distance qui les séparait.

— Javier Casas, siffla-t-elle, cesse de m'accuser ! C'est *toi* qui m'as abandonnée bien avant que je décide de te quitter.

Sous le choc que lui causaient ces paroles, Javier ouvrit des yeux ronds. Emily s'attendait à ce qu'il se remette à tempêter, mais il se figea avec une rigidité qui ne lui était pas naturelle.

— Comment peux-tu dire une chose pareille ? demanda-t-il d'une voix où la colère se mêlait à l'amertume.

— Parce que c'est la vérité ! rétorqua Emily.

Secouant la tête, Javier tourna les talons.

— Attends ! s'exclama Emily. Maintenant, c'est *toi* qui refuses la discussion. Tu démolis la porte, et tu fais machine arrière ?

— Je ne veux pas dire quelque chose que je pourrais regretter.

— À mon avis, c'est trop tard pour ce genre de scrupules !

C'était en direction du large dos de Javier qu'Emily avait lancé cette furieuse invective.

La fureur suscitée par son propre comportement faisait trembler Javier de tous ses membres. Il s'en voulait épouvantablement du débordement de violence qui l'avait poussé à enfoncer la porte. Sa seule justification était son incapacité à supporter l'idée qu'Emily lui échappe une nouvelle fois. Qu'elle le laisse en plan avec toutes ces émotions, et sans aucun moyen de s'en libérer.

Serrant les mâchoires, il s'obligea à retrouver son calme. Ce genre d'emportement ressemblait trop à ceux de sa mère. Le dégoût de lui-même le submergea, faisant courir un frisson le long de son épine dorsale. Habituellement, il se maîtrisait bien mieux que cela. Il était impératif qu'il reprenne le contrôle de lui-même.

D'un pas vif, Javier gagna la chambre dans laquelle il s'était réveillé le matin même avec un sentiment de paix désormais envolé. Nerveusement, il batailla pour extraire les boutons de sa chemise des fentes du tissu resserrées par l'eau. Pour un peu, il aurait déchiré les pans du vêtement afin de s'en débarrasser. Au lieu de quoi, il se contraignit à juguler ses émotions. Juste à temps, car Emily venait de le rejoindre.

Arrachant la chemise détrempée de ses épaules, il la jeta sur le sol où elle atterrit avec un bruit mou.

— Il faut vraiment que nous parlions.

Dans son dos, la voix d'Emily – presque un murmure – avait résonné d'une émotion laissant supposer qu'elle était prête à capituler. Mais dans un renoncement que Javier savait motivé par de mauvaises raisons, et il en avait l'estomac retourné.

Mâchoires serrées, il acquiesça d'un hochement de tête.

— Je te retrouve en bas dès que je me serai changé, grommela-t-il.

D'une main nerveuse, il s'affaira sur la ceinture de son pantalon qui lui collait aux jambes au point qu'il se sentait prisonnier.

Mais n'était-il pas enfermé dans de plus terribles carcans ?

— Javier…

— Une fois que je serai changé, redit-il d'un ton renfrogné.

Javier se tourna pour accompagner cet ordre d'un regard qui ne tolérait pas de controverse. Il aurait mieux fait de s'abstenir ! Le sentiment d'insécurité qui se lisait dans les prunelles d'un bleu vif, la façon dont Emily se tenait avec un pied coincé derrière son autre cheville comme pour se faire plus petite… Pareille vision fut comme un coup de poignard transperçant la poitrine de Javier. Jamais il n'avait voulu mettre sa femme dans un tel état. Cette incertitude, cette méfiance, c'était lui qui en était la cause.

« C'est toi qui m'as abandonnée bien avant que je décide de te quitter. »

Javier aurait voulu se prendre la tête à deux mains pour en extraire cette phrase. Pourtant, il avait besoin d'entendre ces mots. Car il lui fallait comprendre ce qui s'était véritablement passé entre Emily et lui s'il voulait garder un espoir de sauver son couple. S'il voulait faire mieux que son propre père, lequel avait honteusement abandonné sa famille après l'échec de son union avec Renata. Javier était fermement décidé à se battre pour redresser la situation.

En entendant bouger derrière lui, Javier revint à l'instant présent.

— Tu ferais mieux d'aller te changer, toi aussi, sinon tu vas attraper froid, lança-t-il sèchement, avant d'aller s'enfermer dans la salle de bains.

Cependant, mettre toutes les barrières possibles entre eux ne suffirait pas à effacer de son esprit l'image d'Emily qui y était gravée.

Elle avait eu beau s'envelopper d'un couvre-lit, cela ne faisait pas oublier les gouttes d'eau qui ruisselaient le long de ses cuisses, et qu'il aurait tant aimé lécher. *Cristo*, le désir qu'il avait d'elle était comme une sorte d'aliénation mentale circulant dans ses veines. Même en cet instant où ils n'auraient pu être davantage éloignés l'un de l'autre affectivement, Javier avait envie d'Emily au-delà du concevable. Il lui fallait avoir sur la langue le goût de son intimité secrète, la sentir onduler sous lui, la regarder s'abandonner au plaisir. Javier aurait pu décrire les plus infimes altérations qui survenaient en Emily lorsqu'elle atteignait l'orgasme.

Il connaissait par cœur sa façon de rejeter la tête en arrière, les hoquets de plus en plus aigus qui s'échappaient de sa bouche ouverte, la manière dont elle se délectait de ses propres gémissements, la progression inexorable de ses halètements au fur et à mesure que montait son excitation. Et, enfin, l'étreinte farouche dont elle l'enserrait, tous ses muscles frémissant autour de lui et se crispant convulsivement, tandis qu'elle l'emportait dans le vortex de sa jouissance.

Rageusement, il dégrafa la ceinture de son pantalon, libérant une érection dont il était seul responsable. *Por Dios*, il était censé trouver le moyen de recoller les morceaux de son union, et non baver de concupiscence devant sa femme comme un adolescent travaillé par ses hormones. S'extrayant de son pantalon, il se doucha puis s'entoura d'un drap de bain en espérant qu'Emily avait quitté sa chambre.

Après avoir enfilé des vêtements propres – et secs ! – Javier comptait bien se concentrer sur le problème du moment : convaincre son épouse de lui revenir. Rien d'autre n'avait d'importance à ses yeux.

Debout devant l'évier, Emily faisait tremper un sachet de thé dans un mug. Bizarrement, sentir Diabla s'enrouler autour de ses jambes lui apportait un réconfort dont elle avait cruellement besoin. Car, plus Javier tardait à la rejoindre, plus elle était en proie à la nervosité. À croire que les six années passées à balayer les problèmes sous le tapis n'avaient conduit qu'à une accumulation de tensions qui l'empêchaient d'y voir clair.

Tout ce qu'elle savait, c'était que les choses devaient évoluer d'une manière ou d'une autre. Et la seule option envisageable était…

— Un divorce est hors de question !

La déclaration de Javier la fit sursauter tout autant que Diabla qui s'enfuit en un éclair, crachant et soufflant.

Le thé brûlant déborda sur la main d'Emily, ce qui lui arracha un petit cri étouffé. Marmonnant une imprécation, Javier vint lui prendre la tasse et ouvrit le robinet d'eau froide. Très tendrement, il lui mit la main sous le jet, la retenant quand Emily fit mine de la retirer. La façon dont il prenait soin d'elle était exactement ce qui l'avait séduite. Javier était doté d'une empathie naturelle dont il n'était même pas conscient.

Il vint glisser sa paume sous la sienne pour la réchauffer et adoucir la morsure de l'eau glacée. Emily demeura fascinée par les longs doigts qui formaient une sorte d'écrin autour des siens, comme s'ils étaient éminemment précieux.

— J'ai utilisé cette technique, une fois, avec Gabi, expliqua Javier. Elle s'était brûlée en faisant le café.

— Ta mère n'était pas là pour s'occuper d'elle ?

La question d'Emily tomba dans un silence lourd qui lui fit lever les yeux. D'un très léger haussement d'épaules Javier indiqua que Renata avait certainement d'autres chats à fouetter ce jour-là. Le cœur serré, Emily réalisa que cela ne l'étonnait guère.

L'image qu'elle avait de Renata Casas était celle d'une femme arrogante, égoïste et froide. À l'époque, Emily s'était figuré que l'attitude de sa belle-mère était due au fait que celle-ci n'approuvait pas le mariage de son fils avec quelqu'un qu'elle jugeait indigne de lui et de leur famille. Aujourd'hui, elle se demandait si le problème ne se situait pas ailleurs.

Emily s'apprêtait à questionner Javier, lorsqu'il coupa l'eau puis lui entoura la main dans un torchon propre, avant de déclarer :

— Je vais chercher de la pommade.

Il allait faire demi-tour, mais Emily le retint par le bras.

— Javier…, souffla-t-elle.

Le regard sombre se posa sur elle, brillant de détermination.

— Je suis très sérieux, *mi amor*. Nous ne divorcerons pas.

Ce qui ébranla Emily fut de sentir son cœur s'emballer à cette déclaration. Elle n'avait pas encore retrouvé son sang-froid lorsque Javier refit son apparition et tira une chaise pour l'y installer. Il s'assit à son tour avant de lui prendre la main pour y passer délicatement l'onguent adoucissant.

Malgré elle, Emily ne put s'empêcher d'être apaisée par les mouvements circulaires que les pouces de Javier dessinaient sur son épiderme. Pourtant, elle avait besoin d'entretenir sa colère. Malheureusement, la prévenance dont son mari faisait preuve sapait sa détermination. Et la phrase qu'il proféra n'arrangea rien :

— Lorsque j'ai prononcé mes vœux de mariage, j'étais on ne peut plus sincère.

— Moi aussi ! répliqua-t-elle.

Emily fut choquée par la tonalité amère de sa voix. Un muscle se contracta le long du maxillaire de Javier, lui indiquant que lui aussi l'avait perçue.

— Que signifiait ta remarque, tout à l'heure, quand tu as dit que je t'avais abandonnée ? demanda-t-il.

Ainsi, il ne s'est rendu compte de rien !

Emily n'aurait su dire si cela aggravait ou non les choses.

— Tu n'étais jamais là, Javi, répondit-elle en arrachant sa main aux longs doigts chauds.

Elle vit Javier froncer les sourcils.

— Je travaillais pour nous, Emily, protesta-t-il. Pour assurer notre avenir.

— Nous étions ensemble. Nous n'avions besoin de rien d'autre.

Pour sa part, c'était la seule chose qu'Emily désirait.

— Nous avions besoin d'argent, *mi vida*, objecta Javier.

— N'en avions-nous pas plus qu'il n'en faut ? En tout cas, bien plus que je n'en avais jamais eu.

— Je cherchais à nous garantir une réelle sécurité. Ma mère n'abandonnera jamais la direction des Textiles Casas, et la petite entreprise que m'avait confiée mon oncle…

Marquant une pause, Javier détourna le regard, comme s'il cherchait ses mots.

— J'avais besoin de faire mon chemin par mes propres moyens, reprit-il. C'est à ce moment-là que Santi m'a demandé d'investir dans son premier film. Personne ne voulait le suivre. J'ai accepté, et j'ai investi beaucoup d'argent. Trop, aurait dit mon oncle s'il avait su. Je m'étais préparé à un échec éventuel en travaillant comme un fou pour assurer mes arrières. Tout cela, je l'ai fait pour nous, Emily.

— Javier…

Comment était-il possible qu'il ne l'ait mise au courant de rien de tout cela, à l'époque ? s'indigna intérieurement Emily.

Elle avait tout ignoré de ses choix et de ses angoisses. Il l'avait gardée à l'écart de cela même qui constituait sa vie.

— Pourquoi ne pas m'avoir confié tes soucis ? souffla-t-elle.

— Parce que cela relevait de *ma* responsabilité !

Javier s'était frappé la poitrine de son poing. Il poursuivit :

— C'était *moi* et moi *seul* qui avais pris la décision d'investir dans un projet aussi risqué. C'était *mon* rôle de parer à toute éventualité.

— Je suis ta femme, et j'aurais pu t'aider à porter ce fardeau.

— Non. Je suis ton mari, et je me devais de te protéger.

Pour un peu, Emily aurait explosé. Elle s'efforça de se maîtriser mais ne put se retenir de rétorquer avec véhémence :

— Et c'est pour *ça* que je me suis sentie aussi épouvantablement seule, Javier. Parce que tu n'as rien partagé avec moi. Parce que tu ne pensais qu'à l'argent et à l'avenir, au lieu de te soucier de moi et du présent.

— Mais tout ce que j'ai fait, c'était pour *toi*, Emily ! Je n'ai jamais pensé qu'à *toi* !

— Ah bon ? Même le jour où tu as oublié de me rejoindre à la soirée organisée par mon amie Francesca ?

Sur le visage de Javier, Emily lut l'incompréhension.

— Je ne… Je…, bredouilla-t-il.

Elle laissa échapper un rire amer.

— Évidemment, dit-elle, tu ne t'es pas souvenu d'avoir promis de m'y accompagner, ce soir-là. Je ne vois pas pourquoi cela te reviendrait à l'esprit aujourd'hui.

— Mais de quoi parles-tu ?

— De cette soirée, où tu m'avais offert la robe à sequins que tu avais déposée sur notre lit à mon intention.

Javier serra les dents, s'efforçant de contenir la colère qu'il sentait monter. Comment aurait-il oublié cette soirée ? Santi venait de lui annoncer les prévisions des recettes pour le film, et c'était bien au-delà de toutes leurs espérances. La première devait avoir lieu trois jours plus tard. Aussi avait-il acheté pour Emily une robe de princesse. Il tenait à ce qu'elle brille de mille feux à ses côtés. Et à lui montrer que tous ses efforts n'avaient pas été vains. Qu'il avait réussi.

— Mais qu'est-ce que Francesca a à voir avec tout ça ? insista-t-il.

Le désespoir sur le visage de sa femme fit naître un frisson glacé sur la nuque de Javier.

— Ce soir-là, répondit Emily, tu avais promis de me rejoindre à la soirée qu'elle donnait. Je t'ai vainement attendu. Au moins trois heures. Quand je me suis enfin décidée à rentrer chez nous, j'y ai trouvé cette robe éblouissante, et une invitation à un événement important pour *toi*, Javier.

Les yeux d'Emily brillaient de larmes contenues, et Javier serra les poings. Elle releva la tête, faisant danser le rideau de ses cheveux dorés que le soleil de cette fin d'après-midi illuminait. Manifestement, elle s'efforçait de minimiser son chagrin en affichant une fierté qui le bouleversait.

Javier n'avait qu'un très vague souvenir d'avoir entendu Emily insister pour qu'il l'accompagne à cette réception. C'était à une époque où il était noyé sous les responsabilités. L'avait-il vraiment obligée à faire le pied de grue pendant trois heures ?

— Mais pourquoi cette fête chez Francesca avait-elle autant d'importance à tes yeux ? demanda-t-il.

Si c'était-là l'incident qui avait précipité la fin de leur union, Javier voulait au moins savoir de quoi il en retournait.

— Parce que tous mes amis étaient venus d'Angleterre, et je tenais à ce qu'ils te rencontrent. Pour qu'ils cessent de me plaindre et de penser que j'avais fait la pire des erreurs en t'épousant.

Cristo !

— Tu sais bien que ce n'était pas une erreur, Emily !

— Ah bon ? Tu oublies que nous n'étions encore que des enfants, Javi ! J'avais tout juste dix-neuf ans, et toi vingt et un. Cela faisait seulement trois mois que nous nous connaissions quand nous nous sommes mariés.

Mais il ne m'avait pas fallu plus de deux minutes pour savoir que tu étais la femme de ma vie.

Cette certitude était gravée dans l'esprit de Javier sans qu'il n'ose la formuler à haute voix. Inconsciemment, il se frotta le sternum d'un poing fermé dans une tentative de faire disparaître la tension qui l'habitait.

— Alors, au lieu de m'accompagner à la première du film de Santi, tu as préféré…

Incapable de poursuivre, Javier laissa sa phrase en suspens. C'était trop douloureux d'évoquer l'abandon d'Emily. Mais elle l'accusait de lui avoir fait subir la même chose… Ce fut elle qui termina ce qu'il ne parvenait pas à dire :

— Oui, j'ai préféré te quitter. Je suis partie dans l'espoir ridicule que cela permettrait que tu me remarques enfin. Je me moquais éperdument de te voir amasser des fortunes, Javier. La seule chose qui comptait, à mes yeux, c'était *nous*.

Tous ses sens en alerte, Javier demanda :

— Pourquoi parles-tu au passé, Emily ?

— Parce que je suis sûre que rien n'a changé, Javi. Et je refuse de vivre dans ton ombre.

Emily s'interrompit dans une sorte de hoquet qui disait assez à quel point cette conversation lui était pénible.

Un coup de poignard en plein cœur ! Tout ce que Javier percevait en cet instant, c'était une douleur sourde irradiant dans tout son corps depuis sa poitrine. Du tréfonds de son être, il sentait sourdre le genre de panique qu'il n'avait jamais éprouvée jusque-là. Quelque chose lui intimait de retenir Emily avant qu'elle ne s'en aille à nouveau. Car il avait la certitude absolue que, si elle partait encore, elle ne reviendrait plus. Le sang cognait à ses tempes. Les battements de son cœur étaient pareils à un roulement de tambour.

Comment avait-il laissé les choses en arriver là ?

Il allait redresser la situation. Cette fois, l'échec était impossible.

— Je ferais mieux de rentrer, souffla Emily en repoussant sa chaise pour se lever.

— Deux semaines. Accorde-moi deux semaines.

Javier avait lâché ça tout à trac.

— Javi…

Sur les lèvres d'Emily, cette imploration avait quelque chose de terrible. Néanmoins, Javier ne céderait pas.

— Tu me dois bien ça, rétorqua-t-il d'une voix dure.

— Et que se passera-t-il à l'issue de ces deux semaines ? Tu me laisseras partir ?

— Si c'est ce que tu veux.

Même si cette réponse lui coûtait, Javier savait ne pas prendre de grands risques. Il connaissait parfaitement sa femme, ce qu'elle aimait et désirait. Rien de plus facile que de lui donner satisfaction. Et elle réintégrerait le domicile conjugal, Javier en était certain.

Il ne pouvait pas échouer. Peu à peu, la panique refluait en lui.

— Tu accepteras de divorcer si c'est ce que je souhaite ?

Hors de question !

— Si tu le veux vraiment, oui.

Javier serra les poings sous la table. Cela n'arriverait pas. Il ferait en sorte qu'Emily n'en ait plus envie.

— J'ai une condition, avança Emily.

— Je t'écoute.

— Au cours de ces deux semaines, nous respecterons une règle impérative : pas de sexe ! Aucun rapport sexuel.

Pour un peu, Javier se serait étranglé. L'air lui manquait.

— Emily, tu n'es pas sérieuse ! protesta-t-il.

— Je ne saurais l'être davantage.

Les hautes pommettes s'étaient colorées de rouge.

— *Mi corazón*, c'est de la folie. Il y a entre nous quelque chose qui…

— Qui nous a toujours fait perdre la tête, je sais. Mais, si nous voulons avoir quelque espoir d'aller au fond de nos problèmes conjugaux, il est hors de question que tu cherches à obtenir mon pardon en me mettant dans ton lit.

— Enfin, Emily… !

Une main ferme se leva pour faire taire Javier.

— Non ! Tu sais exactement comment me séduire et me faire oublier tous mes griefs.

Haussant les épaules, Javier s'absorba dans ses réflexions. La condition émise par Emily allait lui rendre la tâche un peu plus difficile. Cependant, elle semblait ignorer qu'elle avait affaire à forte partie…

— Qu'est-ce que tu entends exactement par « rapport sexuel » ? demanda-t-il.

— Pardon ?

La voix étranglée, Emily écarquillait les yeux.

— Oui, de quoi s'agit-il, pour toi ? reprit Javier. Sois plus précise.

Si Emily persistait à leur imposer cette règle ridicule, c'était à elle d'en spécifier les modalités. Quant à lui, il saurait profiter de la moindre marge de manœuvre qu'elle consentirait.

— Je veux parler de… pénétration, finit-elle par lâcher dans un souffle.

— D'accord ! se hâta de répliquer Javier avant qu'Emily ne se rende compte de toute la latitude qu'elle lui laissait.

Manifestement inquiète de ne pas l'entendre protester, elle plissa les paupières. Elle n'allait pas être déçue !

— À mon tour de poser une condition, reprit Javier. D'accord, nous bannirons absolument le sexe. Néanmoins, nous partagerons le même lit.

De nouveau, des yeux ronds le fixèrent.

— Et tu promets de ne pas me toucher ? s'enquit Emily.

Javier hocha la tête.

— Tu veux que je dorme avec toi, même si nous ne faisons pas l'amour ? insista-t-elle.

De nouveau, Javier préféra se contenter d'un signe de tête.

— Très bien, acquiesça Emily d'une voix hésitante.

D'un air circonspect, elle lui tendit la main pour conclure leur accord. Devant tant de candeur, Javier faillit éclater de rire.

— Marché conclu, *mi reina*, fit-il en prenant la petite main.

Lorsque Javier se leva brusquement, il fit sursauter Emily, encore sous le coup des événements récents.

— Où vas-tu ?

— Installer tes affaires dans ma chambre, répondit-il.

Emily ouvrit la bouche pour protester, mais aucun son n'en sortit. Dans quel guêpier venait-elle de se fourrer ? À l'instant où Javier quitta la pièce, elle se prit la tête entre les mains.

Que diable avait-elle fait ?

Emily était sur le point de rappeler Javier, de lui dire qu'elle avait changé d'avis, lorsqu'elle entendit un miaulement strident suivi d'une bordée d'injures.

Dans l'escalier, elle croisa Diabla qui dévalait les marches à la vitesse de l'éclair. Une fois à la porte de la chambre de Javier, Emily demeura bouche bée quelques secondes, avant d'éclater de rire. En hoquetant, elle essuya les larmes qui coulaient de ses yeux.

L'air hagard, son mari tenait ce qui avait été l'une de ses chemises préférées, désormais réduite en lambeaux. Des fragments de tissu voletaient dans la pièce ravagée.

— Tu peux rire, *cariño*, déclara Javier, mais attends de voir ce qu'elle a fait de tes rideaux.

Le rire d'Emily s'étrangla dans sa gorge.

7.

Emily déplaça ses jambes, éprouvant avec délectation le contact satiné des draps frais contre sa peau. Elle était enveloppée d'une douce chaleur, et elle s'enfonça encore davantage dans le confort moelleux de la literie. Des effluves poivrés, mêlés d'une pointe de santal et de menthe, vinrent titiller ses narines, faisant naître une crispation sourde et persistante au creux de son ventre. Encore somnolente, elle inhala ce délicieux parfum, avant de pousser un cri en sentant bouger à côté d'elle.

— Ce n'est que moi, lui assura Javier. Je suis là. D'ailleurs… si tu avais envie de…

Se tournant vers lui, Emily le gratifia d'une tape sur le bras.

— Tu m'as fait peur, accusa-t-elle.

— Je ne me cachais pas, *mi vida*.

Dans un grand rire, Javier repoussa les draps et se leva. La vision de sa splendide nudité coupa le souffle à Emily qui ferma instantanément les paupières.

— Emily, railla-t-il. Tu ne découvres rien de nouveau.

— Peut-être, mais c'était différent autrefois, répliqua-t-elle.

Elle sentit le lit tanguer sous le poids de Javier. Manifestement, il venait de s'asseoir ou de s'agenouiller à côté d'elle.

— Emily Casas, fit-il. Regarde-moi.

Prudemment, Emily entrouvrit une paupière et découvrit que Javier se tenait tout juste à quelques centimètres. Hypnotisée par la profondeur insondable des prunelles sombres, elle fut incapable de protester quand il vint nicher son visage dans le creux de son épaule pour inhaler le parfum de la nuit sur son épiderme.

— C'est toi qui as fixé les règles, souffla-t-il dans son cou. Mais sache bien que, à la seconde où tu mettras un terme à cette interdiction ridicule, nous passerons des journées entières à faire l'amour. Et crois-moi, *cariño*, je n'attends que cela.

Cette déclaration lancée, Javier s'évapora, abandonnant Emily dans un mélange de désir et de frustration, au milieu du lit qu'ils partageaient désormais.

Elle n'était pas stupide et n'avait pas pour habitude de se mentir à elle-même. Bien sûr qu'elle mourait d'envie que son mari lui fasse l'amour !

Javier exhibait la perfection marmoréenne d'une statue faite de la chair la plus désirable. Au cours des six années passées, il était devenu encore plus charpenté et athlétique.

Comment ne pas être alléchée par pareille carrure, par des biceps dont elle ne parvenait même pas à faire le tour à deux mains, par des abdominaux d'airain ? Elle en revoyait les mouvements en accordéon lorsqu'il riait ou bien…

Emily réprima cette pensée si brutalement qu'elle ferma d'un seul coup les paupières. Frottant ses cuisses l'une contre l'autre, elle eut toutes les peines du monde à contenir la pulsation de désir qui contractait le cœur de son intimité. Sur l'écran de ses paupières closes, elle voyait défiler des images de Javier la contemplant d'un regard lourd de sous-entendus.

Javier Casas n'avait jamais hésité à utiliser le sexe pour parvenir à ses fins avec elle. Et il n'était pas homme à accepter la défaite.

Mais, cette fois, Emily ne pouvait se permettre de prendre à la légère le jeu qu'il lui imposait.

Elle n'avait nullement exagéré, la veille, en disant que Javier n'avait certainement pas changé. Il demeurait incapable de céder le moindre pouce de terrain. La comédie qu'il lui avait jouée, le fait de demander qu'elle lui accorde deux semaines, son exigence de faire lit commun, tout cela n'en était-il pas des preuves suffisantes ?

Javier arguait de son absolue sincérité lorsqu'il avait prononcé les vœux qui les unissaient. Mais n'en était-il pas de même pour elle ?

Soudain, dans cette villa de Frigiliana qui avait abrité leur amour, Emily fut submergée par un déferlement de certitudes inébranlables. Il lui revenait à l'esprit toutes les raisons qui lui avaient fait aimer cet homme : sa force morale et son sens des responsabilités, sa capacité à la faire rire, la façon dont il avait entraîné la petite londonienne inhibée qu'elle était dans un univers de passion et de couleurs vives. Ils avaient effectivement partagé tout cela. Alors, comment pourrait-elle lui mentir ? Ou se mentir à elle-même ?

Elle aimait toujours Javier !

Cependant, Emily se refusait à emprunter le même chemin que sa mère. Elle n'aliénerait pas sa personnalité à un homme au point de s'oublier elle-même. Aussi, Emily trouva-t-elle l'énergie nécessaire pour se reprendre, et elle quitta le lit avant que Javier sorte de la salle de bains.

Emily était assise à la table de la cuisine, et Javier s'immobilisa sur le seuil de la pièce. Diabla s'enroulait autour des chevilles de sa maîtresse et le fusilla d'une œillade assassine. Javier lui retourna son regard, se souvenant des dommages incalculables que l'animal avait fait subir à sa garde-robe. La chatte eut le front de souffler dans sa direction, avant de filer comme l'éclair au moment où il s'avançait.

Étouffant un grognement désapprobateur, Javier se fit la réflexion qu'il aurait encore plus de mal à se concilier les bonnes grâces de Diabla que celles de son épouse. Gagnant la table, il déposa un flacon d'écran solaire à côté d'Emily.

— Qu'est-ce que c'est ? demanda-t-elle.

— De la crème solaire.

— Je le vois bien.

— Il va falloir que tu en mettes. Nous partons dans dix minutes…

Un haussement de sourcils suffit à l'arrêter net.

Fais-la participer !

Emily tenait à avoir son mot à dire dans les projets qu'il lui soumettait. La veille, elle avait été très claire, et Javier avait compris la leçon. Il avait été profondément affecté de découvrir à quel point sa femme s'était sentie abandonnée lorsqu'il ne l'incluait pas dans ses décisions. C'était un sentiment qu'il ne connaissait que trop bien, et qu'il ne souhaitait à personne de vivre. Mais rien ne lui interdisait de mettre un peu de légèreté dans la situation.

— Ma chérie, reprit-il d'une voix à la suavité ironique, je te serais très reconnaissant si tu acceptais de passer un peu de cette crème sur ton corps délicieux. Je souhaiterais te faire découvrir quelque chose, et nous partirons dans une dizaine de minutes. Si cela te convient, bien sûr !

— Il me semble que tous ces ronds de jambe ne dissimulent que fort mal une injonction péremptoire, mon cher mari. Où allons-nous ?

Dans les yeux d'Emily, Javier vit briller une lueur narquoise, mais aussi… une étincelle de joie dont il avait presque oublié l'existence. Quelque chose qui éveillait au plus profond de son être des émotions également envolées depuis belle lurette. Une paix mêlée de satisfaction. Et une joie profonde.

— Quelque part où j'aurais dû te conduire il y a bien longtemps, répondit-il.

Javier adorait conduire. Même le choc de son accident n'avait pas émoussé la satisfaction qu'il y prenait. Les premières dix minutes lui demandèrent, cependant, davantage de concentration qu'à l'accoutumée. Ce fut seulement lorsque Emily tapota sa main crispée sur le levier de vitesses qu'il s'autorisa à se relaxer le long de la route sinueuse qui les emportait loin de Frigiliana.

La capote de la voiture de sport avait été enlevée, et le soleil du matin les baignait de ses chauds rayons. Au bout d'un moment, Emily cessa de lutter pour discipliner les mèches de ses cheveux que le vent faisait voler en tous sens, et elle se laissa aller sur le siège passager sans même chercher à dissimuler son sourire ravi.

Tandis que Javier jouait avec les vitesses pour attaquer la succession de virages, tous deux observèrent un silence serein plutôt que de se forcer à crier pour couvrir le vacarme du moteur. Songeur, il se demanda depuis combien de temps il ne s'était pas détendu de cette manière. Habituellement, son esprit était encombré par ses obligations professionnelles, le cortège interminable d'e-mails et de réunions, la gestion des soucis que lui causait sa mère même à distance. D'ailleurs, se dit Javier, il était étonnant qu'elle se soit tenue tranquille pendant si longtemps. En règle générale, elle faisait régulièrement appel à lui pour obtenir l'aide financière susceptible de sauver des affaires qu'elle s'obstinait à mettre en péril.

De nouveau, la main d'Emily effleura la sienne. Avait-elle senti la tension qui recommençait à l'habiter ? Au cours des quelques années passées, Renata avait pesé d'un poids de plus en plus lourd sur ses épaules. Était-ce parce que les requêtes de celle-ci se faisaient de plus en plus exigeantes, ou parce qu'il finissait par se lasser du fardeau qu'elle constituait pour lui depuis trop longtemps ? Javier n'aurait su le dire. Plaquant un sourire sur son visage, il se tourna vers Emily.

À l'instant où elle aperçut le panneau indiquant leur destination, elle se redressa sur son siège et le regarda avec des yeux ronds.

— C'est là que nous allons ? s'enquit-elle.

Soudain Javier fut submergé par la culpabilité. Constater combien Emily semblait enchantée par une chose qu'il avait toujours jugée insignifiante le crucifiait.

— Oui, c'est là, fit-il.

Il faudrait qu'il se souvienne de ne plus jamais la faire patienter ainsi pour réaliser ses rêves.

Comme ils prenaient le dernier virage, Emily sentit son cœur se gonfler de joie. Elle rêvait de visiter l'Alhambra depuis l'instant où elle avait posé le pied en Andalousie. Bizarrement, dans le tourbillon de son histoire d'amour avec Javier, cela ne s'était jamais produit. Lorsque leur voiture s'immobilisa sur le parking désert, elle s'efforça de ne pas s'abandonner à la déception. Le calme absolu du lieu donnait à penser que son rêve ne se réaliserait pas ce jour-là. À en croire l'absence des longues files habituelles de visiteurs, ce devait être un jour de fermeture…

— Qu'y a-t-il ? demanda Javier, devant sa mine déconfite.

— C'est dommage d'être venus jusqu'ici pour trouver porte close, répondit-elle.

— Ce n'est pas fermé, rétorqua-t-il en haussant les épaules.

Quittant l'habitacle, il fit le tour du véhicule et vint lui ouvrir la portière.

— Mais il n'y a personne ! s'exclama Emily.

— Il y a toi. On ne peut donc pas dire qu'il n'y ait personne.

Au lieu de se diriger vers la majestueuse arche de pierre de l'entrée principale, Javier l'entraîna vers une porte plus petite où ils furent accueillis par un homme en uniforme.

Après avoir demandé quelques minutes de patience à Emily, Javier emboîta le pas à celui qui était manifestement un membre du personnel. Émerveillée, elle tourna sur elle-même au centre de la cour de ce qui avait été une forteresse militaire puis un palais. Être au cœur de tant de beauté, seule avec Javier, était un enchantement inattendu. C'était tout bonnement incroyable ! Ainsi, il s'était souvenu…

Le crissement des pas sur le gravier lui annonça le retour de Javier avant qu'elle ne l'entende lancer :

— Eh bien, qu'en penses-tu ?

Il était accompagné d'une jeune femme chargée d'un plateau portant flûtes de champagne, verres de citronnade, et assiettes de tapas. Emily choisit la citronnade et quelques tapas, et Javier en fit de même. Puis, désignant de la main les vénérables bâtiments – tandis que la jeune femme battait en retraite –, il demanda :

— Par quoi veux-tu commencer ?

Il avait retiré ses lunettes de soleil, les faisant tournoyer négligemment entre deux doigts, et il inclinait la tête de côté, avec dans le regard une lueur de pure gourmandise. L'étoffe immaculée de sa chemise, au col ouvert et aux manches retroussées, rehaussait la carnation cuivrée qui avait désormais remplacé la pâleur grisâtre qu'il affichait après l'accident. C'était à peine si l'on percevait encore l'hématome sur sa joue, et les mèches de jais qui retombaient sur son front dissimulaient les quelques points de suture nécessaires à son entaille.

Une bouffée d'excitation envahit Emily sous le regard de braise posé sur elle. Haussant un sourcil, comme pour bien marquer qu'il avait conscience du tour que prenaient les pensées de sa femme, Javier susurra :

— Tu sais, nous sommes absolument seuls, *cariño…*

Esquissant une moue amusée, Emily rétorqua :

— Tu es vraiment incorrigible !

— C'est toi qui as commencé, lui retourna Javier avec une mine réjouie, tout en lui tendant le bras comme un gentleman de l'époque victorienne.

Voilà ! songea Emily. C'était exactement cela qui lui avait manqué : les taquineries, la légèreté, la façon dont leur complicité lui donnait le sentiment d'être plus jeune, d'être libre. Les années qui avaient suivi son retour en Angleterre, avaient été sombres. Se retrouvant à la tête d'une petite équipe, elle avait souvent dû prendre des décisions difficiles et, parfois, faire preuve d'autorité. Bref, Emily n'avait guère eu l'occasion de s'amuser.

Prenant le bras de son mari, elle leva les yeux vers lui.

— Nous sommes libres de visiter ce que bon nous semble ? demanda-t-elle.

— Absolument !

— Et il n'y a que nous dans l'enceinte du palais ?

— Juste nous deux.

Emily n'hésita pas une seconde à entraîner Javier vers les palais nasrides aux mosaïques raffinées, qu'elle avait toujours rêvé de découvrir autrement que dans les livres d'histoire. Cependant, son impatience ne la dispensa pas de poser une question qui lui brûlait les lèvres.

— Javi, est-ce que tu es vraiment aussi riche que ça ? murmura-t-elle.

Pendant quelques secondes, Javier la dévisagea avec étonnement, puis il partit d'un grand rire, sonore et réjoui, qui déconcerta Emily autant qu'il la ravit.

— Encore plus ! déclara-t-il avec un sourire contrit lorsqu'il parvint à reprendre son sérieux.

Cette réponse n'apportant pas à Emily les éclaircissements escomptés, elle se contenta d'attendre qu'il développe. Hochant la tête, il leva les yeux vers les contreforts de la Sierra Nevada, dans le lointain.

— Personne n'avait imaginé que le film de Santi remporterait un pareil succès, finit-il par dire. Même pas nous.

— Si c'était un tel risque, pourquoi l'avoir pris ?

— Parce que Santi est comme mon frère. Nous nous connaissons depuis l'âge de six ans. Nous ne nous sommes jamais quittés depuis ce premier jour d'école où nous nous sommes battus dans la cour de récréation.

— Et qui a gagné ?

— *Cariño*, tu as vraiment besoin de le demander ? s'indigna Javier.

— Donc, c'était Santi, railla Emily.

Javier la gratifia d'un sourire faussement forcé, avant de redevenir sérieux.

— Cela a quand même été un pari vertigineux, dit-il. Mais ce n'était pas simplement pour Santi que j'ai accepté. J'avais besoin de me lancer dans quelque chose qui ne m'aurait pas été apporté sur un plateau par Gael ou par Renata. Quelque chose qui m'appartiendrait et que l'on ne pourrait pas me retirer sur un coup de tête. J'avais besoin de… faire mes preuves.

Pour la première fois, Emily eut le sentiment de comprendre ce qui avait motivé Javier. À l'époque, elle serait passée à côté. Mais, aujourd'hui, elle avait monté sa propre affaire, y mettant toutes ses forces et son énergie. Elle n'ignorait rien de l'estime de soi, de la confiance qu'on y gagnait.

— Le film de Santi a été une incroyable aubaine, reprit Javier. Par la suite, j'ai investi dans tout un tas d'autres domaines. Parfois, j'ai perdu de l'argent. J'en ai aussi énormément gagné. Désormais, je travaille à réinjecter une bonne partie de cette fortune dans la marche du monde. Mais il m'en reste encore pas mal.

Emily connaissait suffisamment Javier pour savoir que, ce qui lui importait davantage que la fortune, c'était d'atteindre le but secret qu'il s'était fixé à lui-même. Il avait toujours fait preuve d'une détermination incroyable. Jusqu'à en devenir inflexible, à la limite de l'égoïsme. Cette pensée troubla Emily tandis qu'ils avançaient vers le cœur de l'Alhambra.

— Ce que tu as accompli est tout bonnement formidable, Javier, déclara Emily en posant une main sur son avant-bras.

Ce contact sur sa peau nue envoya une myriade d'étincelles jusque dans la poitrine de Javier. Quant au compliment proféré par Emily avec un indéniable accent de sincérité, il lui allait droit au cœur. Il demeura saisi à la pensée que personne ne lui avait jamais rien dit de tel. Certes, il n'ignorait pas qu'il avait été envié par nombre de gens. Mais nul ne l'avait ouvertement félicité pour sa réussite…

Emily levait vers lui ses grands yeux bleus dans lesquels

scintillaient des paillettes dorées. C'était d'autant plus émouvant que, cette fois, il n'y voyait rien de lascif. Hélas, le charme ne dura guère…

— Ta mère doit être très fière, ajouta-t-elle.

Javier détourna le regard.

— Elle ignore tout de cet épisode, dit-il.

Sourcils froncés, Emily marqua le pas.

— Comment cela ?

— J'ai préféré qu'elle n'en sache rien.

Renata était une sorte de trou noir dans lequel il pourrait déverser de l'argent jusqu'à la fin de sa vie sans qu'elle ne soit jamais satisfaite. Ses exigences financières – qu'il s'agisse d'alimenter l'entreprise héritée de son propre père ou de combler ses besoins personnels – s'accompagnaient toujours de manifestations d'une cruauté malveillante.

À seulement se les remémorer, Javier sentait une ombre glacée obscurcir le soleil de ce matin radieux.

Néanmoins, Emily méritait qu'il se montre plus loquace dans ses explications. Aussi, en dépit de la douce chaleur qui les enveloppait, Javier se décida à s'enfoncer dans les ténèbres.

— Renata est quelqu'un de… férocement égoïste, commença-t-il.

Marquant une pause, Javier chercha à trouver les termes les plus justes, luttant contre un sentiment de culpabilité qui l'aurait aisément convaincu d'atténuer la vérité.

— Oh ! reprit-il, elle sait se montrer avenante et peut même se lancer dans des démonstrations d'amitié confinant à la farce…

De nouveau, il s'interrompit et s'efforça d'adoucir ses propos par un sourire en coin.

— Mais…, enchaîna-t-il, les choses sont plus compliquées qu'il n'y paraît. Bien plus compliquées.

Les détours qu'il prenait laissaient manifestement Emily dans une confusion qui se reflétait dans son regard. Soudain, Javier eut envie de lui donner les clés qui lui permettraient de comprendre de quoi il en retournait vraiment. La guidant vers le banc le plus proche, il lui fit signe de s'asseoir.

— Tu te souviens de m'avoir demandé ce que ma mère me préparait à manger quand j'étais malade, enfant ? demanda-t-il en déglutissant avec peine. Eh bien, nous n'avions tout simplement pas le droit d'être malades, ma sœur et moi. Renata ne le tolérait pas, soit parce que cela venait contrarier ses projets, soit parce qu'elle jugeait que c'était une manière de la faire passer au second plan. Quand nous ne nous sentions pas bien, elle affirmait avec la plus totale conviction que nous nous faisions des idées. C'était hors de question !

Secouant la tête, Javier s'étonnait encore d'avoir fait tout son possible pour croire à ce scénario.

— Aux yeux de tous, poursuivit-il, nous devions donner l'image d'une famille harmonieuse. Mais le besoin d'attirer l'attention de Renata était – et reste – insatiable. C'est encore pire lorsqu'elle n'a pas d'homme dans sa vie.

Serrant les mâchoires, Javier s'efforça d'étouffer les émotions qui menaçaient de déborder. Il parvint, cependant, à reprendre :

— Si on ne lui accorde pas la sollicitude dont elle est tellement avide, Renata devient dure, hargneuse, affreusement cruelle. Mais, si on se plie à ses désirs, elle devient la plus généreuse des mères. Avant la naissance de Gabi, il arrivait que ma mère me fasse manquer l'école pour m'emmener passer des vacances fastueuses dans les îles Grecques, ou aux Caraïbes. Elle m'affublait de costumes d'homme pour m'apprendre à danser, m'enseignant les manières d'un parfait gentleman. Elle m'indiquait aussi comment lui faire des cadeaux et comment la complimenter de la bonne façon.

— Et ton père ?

— Il nous a tout bonnement abandonnés, à la veille de mon deuxième anniversaire, après avoir pratiquement réduit à néant les Textiles Casas. Au fil des années, chaque fois que j'ai fait la plus petite erreur, ma mère m'a martelé que j'étais son portrait craché. Un minable. Toute mon enfance, j'ai marché sur des œufs pour éviter de la décevoir.

À la grande surprise de Javier, Emily desserra la main qu'elle tenait fermée dans son giron et noua ses doigts aux siens. De son autre main, elle lui repoussa quelques mèches de cheveux derrière l'oreille, avant de poser la paume sur sa joue. Javier s'empara de sa main pour éviter qu'elle ne mette davantage en péril ses défenses déjà bien affaiblies.

— Je couperais volontiers les ponts avec elle, affirma Javier, s'il n'y avait pas Gabi. Mais je ne peux pas la laisser affronter seule les caprices de notre mère.

S'interrompant, il serra si fort les mâchoires qu'Emily fut presque surprise de l'entendre reprendre la parole.

— Je lui ai pourtant proposé de venir vivre avec moi, lâcha-t-il d'un air sombre. Malheureusement, elle a refusé. Pour l'instant, la seule possibilité que j'ai de protéger ma sœur, c'est de donner à Renata l'argent qu'elle me demande, afin de préserver sa bonne humeur.

La tension perceptible en Javier disait combien il lui était difficile d'accepter la décision de Gabi. Le cœur serré, Emily le plaignait sincèrement d'être ainsi l'otage de sa mère, et de ne jamais savoir à quoi s'attendre de la part de la personne même dont la loyauté aurait dû lui être indéfectible.

— Malheureusement, ajouta-t-il, je crains qu'en agissant ainsi je n'aie fini par faire de ma mère un véritable monstre.

Emily secoua la tête.

— Javi, le sermonna-t-elle d'une voix douce, tu es son fils. Tu n'es ni son père ni son mari. Tu n'as pas à te placer sur un pied d'égalité avec elle ni à considérer comme responsable de ses actes. La façon dont elle se comporte n'est pas de ton ressort.

D'un geste de la main, Javier repoussa les paroles rassurantes d'Emily. Elle ne pouvait pas comprendre. Certes, Renata se montrait le plus souvent exécrable. Mais elle n'en demeurait pas moins sa mère. Et elle, au moins, n'avait pas fui en se désintéressant de son fils – ce que Javier reprocherait toujours à son père.

Tout à coup, il sentit monter en lui une colère farouche face à Emily qui, elle aussi, l'avait abandonné. L'intensité de cette émotion le choqua au plus haut point. Il la réprima avec une résolution qui lui fit relever brutalement la tête.

Comme si elle comprenait que ses paroles n'avaient pas porté autant qu'elle l'espérait, Emily reprit avec insistance :

— Tu ne crois pas qu'il est peut-être encore temps de faire quelque chose pour aider Gabi ?

Javier hocha la tête. Afin de ne pas donner libre cours à ce qui bouillonnait en lui, il était obligé de serrer les mâchoires à s'en faire presque mal.

— De plus, rien n'interdit de penser que ta relation avec Renata ne puisse évoluer, enchaîna Emily. Certes, il ne faut pas espérer qu'elle change. Par conséquent, ce serait à toi de modifier ton comportement à son égard. Si tu cesses de lui donner tout ce qu'elle réclame, alors qui sait si elle ne finira pas par comprendre.

Les remarques d'Emily étaient probablement frappées au coin du bon sens, songea Javier, mais il n'était pas d'humeur à poursuivre cette conversation. Il préféra esquiver par une boutade :

— Quand les poules auront des dents, oui !

L'éclat de rire d'Emily rendit un peu plus léger le poids qui oppressait sa poitrine, et Javier ne protesta pas lorsqu'elle lui prit la main pour l'entraîner vers l'enfilade de salles de ce joyau de l'architecture hispano-mauresque dressé devant eux.

Cependant, ce n'étaient ni la décoration intérieure foisonnante ni les riches ornementations qui accaparaient l'attention de Javier.

Les yeux écarquillés, la bouche bée, sa femme allait lentement d'une salle à une autre, s'attardant pour donner libre cours à sa curiosité et à son émerveillement, laissant échapper des exclamations ravies, le tirant par la manche pour l'associer à ses découvertes…

Tout cela lui avait tellement manqué ! Cette façon qu'avait Emily de partager avec lui ses enthousiasmes, son excitation… Et c'était parce qu'il avait fait preuve de l'entêtement le plus stupide qu'il s'était privé de tout cela.

Non ! C'était elle qui les en avait frustrés. C'était elle qui l'avait abandonné.

Au tréfonds de son être, une petite voix harcelait Javier, et il dut lutter pour la faire taire. Car elle lui rappelait beaucoup trop celle de Renata. Mais aussi, celle du petit garçon rejeté par son père et qui était en rage face à cette trahison dévastatrice. Mieux valait qu'il repousse les souvenirs douloureux de son enfance. Javier ne voulait plus jamais être ce pauvre petit enfant perdu, solitaire et désespéré. La migraine commença à l'assaillir, tandis que son esprit tanguait entre les images du passé et ses attentes pour l'avenir.

Au même instant, Emily s'éloigna pour aller se planter devant une ouverture en arceau dominant la vue magnifique. L'intérieur de la salle était plongé dans une pénombre à peine éclaircie par les rais de lumière qui filtraient à travers l'entrelacs des délicates découpes aux murs.

C'était comme si le soleil se concentrait seulement sur elle, dessinant sa mince silhouette dans sa jupe à mi-mollets et sa blouse passée dans la ceinture. Elle se tenait avec un pied glissé derrière la cheville de son autre jambe, une posture qu'il l'avait si souvent vue adopter.

Pourtant, au lieu que cela lui procure une agréable sensation de déjà-vu, c'était plutôt le choc d'une curieuse impression de « jamais-vu » qui le clouait sur place.

Pour la première fois, Javier sentait Emily étrangement hors d'atteinte. Un frisson glacé courut sur sa nuque. Une bouffée de panique se propagea dans ses veines.

Ce sentiment déconcertant se mua très vite en une certitude inébranlable. Il comprenait soudain, comme une évidence, qu'il se trouvait à la croisée des chemins : soit il parvenait à ses fins, soit il perdait Emily à tout jamais.

8.

Une semaine s'était écoulée depuis l'Alhambra, et Emily était partagée entre l'épuisement et l'excitation d'avoir découvert une infinité de merveilles venues alimenter son inspiration. Car Javier l'avait conduite à travers une bonne partie de l'Espagne pour visiter l'essentiel des lieux d'exception qu'elle souhaitait connaître. Du musée Guggenheim de Bilbao au Centre Pompidou de Málaga, elle avait engrangé des trouvailles créatrices qu'elle était impatiente de mettre en application.

D'ailleurs, elle avait mis à profit les quelques heures de repos que Javier était bien forcé de s'accorder – il était encore loin d'avoir retrouvé son énergie d'avant l'accident – pour communiquer avec son équipe à Londres.

Ses collaborateurs travaillaient avec un enthousiasme sans faille, mais ils ne manquaient pas de lui répéter combien elle leur manquait. En attendant, Emily leur faisait part de ses idées, se réjouissant que sa créativité exacerbée par ses découvertes lui permette de produire son meilleur travail depuis des années.

Elle avait beau avoir l'esprit agréablement occupé, elle pensait souvent aux confidences de Javier sur son enfance aux côtés de Renata. Le niveau de narcissisme de cette dernière dépassait largement tout ce qu'Emily avait pu imaginer en la côtoyant brièvement. Il était effrayant d'imaginer les dégâts qu'une personne dotée d'un égocentrisme aussi forcené était susceptible de faire subir à son entourage, en particulier à des enfants.

Ces révélations avaient profondément choqué Emily, tout en lui permettant de jauger la personnalité de son mari d'une manière qui lui avait échappé jusque-là. Désormais, elle comprenait mieux qu'il ait été obligé de se cramponner farouchement à ses propres désirs et à ses besoins, face à cette mère au caractère hors du commun. Il n'était pas surprenant que Javier ait dû travailler d'arrache-pied pour que les réalisations auxquelles il tenait tant ne soient pas balayées par les exigences insensées de Renata.

Maintenant qu'elle savait tout cela, Emily s'étonnait moins qu'il puisse arriver à son mari de dépasser les bornes en oubliant tout ce qui ne relevait pas de l'accomplissement de ses objectifs.

Curieusement, c'était à un moment où cette toute nouvelle clairvoyance faisait qu'Emily se sentait davantage proche de lui que Javier semblait prendre ses distances. Depuis ses confidences, il n'avait cessé de l'étourdir par un tourbillon d'activités lui interdisant de pousser plus loin tout interrogatoire.

« – Et ton père ?

— Il nous a tout bonnement abandonnés. »

En repensant à cet échange, Emily ne pouvait s'empêcher d'imaginer combien il avait dû se sentir rejeté quand Gabi avait refusé de venir vivre avec lui. Et, pire encore, terriblement délaissé lorsqu'elle-même l'avait quitté.

La culpabilité lui nouait l'estomac, mais elle refusait de se reprocher sa décision : à l'époque, elle ignorait tout des tenants et aboutissants de l'histoire familiale des Casas.

Aujourd'hui, cependant, ce serait en toute connaissance de cause qu'elle se prononcerait sur la place qu'elle entendait donner dans sa vie à l'homme qu'elle redécouvrait. Il n'avait rien perdu de son pouvoir de séduction, bien au contraire. Emily avait beau faire preuve de la plus extrême circonspection, elle ne pouvait s'empêcher d'être à nouveau attirée par son mari.

C'était surtout dans les petites choses du quotidien qu'il la touchait. Comme lorsqu'elle le surprenait à se documenter sur le caractère des chats Sphynx – sous le prétexte fallacieux de se renseigner sur son ennemie – ou en train d'apprivoiser Diabla par de petites attentions.

Néanmoins, en dépit des trésors de charme qu'il déployait envers elle, Emily sentait Javier habité d'une tension qu'elle ne parvenait pas à s'expliquer. Il émanait de lui quelque chose qu'elle n'avait jamais perçu autrefois. Quelque chose d'intense et profond qui l'attirait et l'effrayait en même temps. Non sur un plan physique, mais sur un plan émotionnel – ce qui était peut-être plus dangereux.

Elle ne doutait pas d'avoir eu raison de lui imposer cette règle d'abstinence qu'il avait, tout d'abord, jugée ridicule. Si elle acceptait de faire l'amour avec Javier, elle se savait perdue. En dépit de ses objections, Javier avait tenu parole, se dispensant de toute tentative de lui faire l'amour.

Cela n'empêchait pas Emily d'être attirée par lui comme par un aimant. Comment serait-elle restée de marbre quand, au réveil, elle trouvait la main de Javier posée sur sa hanche ? Ou lorsque, dans un demi-sommeil, il rapprochait du sien son corps chaud, vibrant du même désir que celui qui courait dans ses propres veines ?

Cela n'aidait pas son cœur à cesser ses folles cavalcades de voir Javier émerger de la salle de bains avec juste une serviette autour des reins. Ou même de surprendre son regard de braise qui la contemplait comme s'il n'y avait qu'elle au monde. Il suffisait qu'Emily perçoive les effluves de santal et de feuille de menthe de l'after-shave de son mari, et tout son corps s'amollissait, ses faibles défenses s'effritaient dangereusement.

Or, la mise en scène que Javier avait prévue ce soir-là pour leur habituel repas en tête à tête semblait n'avoir d'autre but que de rendre toute tentative de résistance encore plus difficile à Emily : le patio était illuminé par une myriade de lumignons, le champagne attendait au frais dans un seau à glace, la fumée de bâtons d'encens montait en volutes à l'exotisme capiteux, et les haut-parleurs intégrés dans les murs diffusaient une douce musique.

— Tu essaies encore de me séduire ! protesta Emily lorsque Javier la rejoignit.

Il s'avançait, accompagné de Diabla qui se faufilait entre ses chevilles. Tous deux étant dotés de la même grâce féline, ni lui ni elle ne trébuchaient. Si Javier avait conscience de s'être réellement concilié l'affection de l'animal, il n'en montrait rien, songea Emily sans pouvoir retenir un petit sourire.

— Évidemment, admit Javier. Quel genre d'époux serais-je si je ne tentais pas ma chance ?

Bien qu'il ait mis tout son charme légendaire dans sa réponse, il n'était pas parvenu à masquer la sourde tension filtrant dans sa voix.

— Est-ce que tu es sûr que tout va bien ? s'enquit Emily.

Elle ne parvenait pas à ignorer l'impression d'être une nouvelle fois tenue à distance par Javier.

— Absolument, *mi reina*, répondit-il.

C'était un mensonge, et Javier aurait mis sa main au feu qu'Emily en était consciente. Depuis leur après-midi à l'Alhambra, il ne parvenait pas à se défaire de la douloureuse impression qui l'avait assailli alors. Il était incapable d'effacer de son esprit cette étrange frustration, mâtinée de colère.

Emily vint s'accouder à la rambarde, à ses côtés. Il lui en voulait presque de lire en lui comme dans un livre ouvert. Levant une main, elle la referma sur sa joue. Dans les prunelles bleues, il lut une prière tacite : qu'il accepte de se confier. Mais le cœur de Javier était trop meurtri pour lui permettre de découvrir ce qui s'y cachait.

Tournant son visage dans la paume ouverte, il y déposa un baiser, puis enserra le fin poignet entre ses doigts. Le pouls dont il perçut les battements effrénés sous son pouce, lui révéla combien Emily était sensible à son contact.

Cristo.

Comment résister à la tentation ?

Une petite voix intérieure soufflait à Javier qu'il n'était qu'un lâche, mais il la fit taire. Il avait accepté le marché que lui proposait Emily. En bon gentleman, il en respecterait les termes. Néanmoins cela ne signifiait pas que toutes les portes lui seraient fermées, et Javier était fermement déterminé à jouir du peu de latitude qui lui était laissée.

Il passa la langue sur le point où palpitait le pouls et sentit sous ses doigts les frissons se propageant le long de l'avant-bras d'Emily. Le gémissement qu'elle ne put retenir était le plus explicite des encouragements.

— Javi, murmura-t-elle d'une voix qu'elle prétendait grondeuse, je te rappelle que nous avons conclu un accord.

— Je ne l'oublie pas, acquiesça Javier quand bien même son érection était presque douloureuse.

— Alors, nous ne devrions pas nous permettre ça, insista Emily tout en s'inclinant vers lui comme un tournesol cherchant la lumière du soleil.

Javier s'écarta juste assez pour plonger son regard dans celui de sa femme. Il voulait y lire son désir avec certitude. La complexité qu'il découvrit dans ces deux lacs azuréens lui fit lâcher les rênes de sa raison. Il y discernait non seulement l'excitation et le désir, mais aussi une passion incoercible, mêlée au besoin qu'éprouvait Emily de lui prodiguer son réconfort, de renouer les liens avec lui, et l'envie folle qu'il lui offre bien davantage que quelques caresses furtives.

— Pas de pénétration, donc…

— Quoi ?

Emily avait lâché cette interrogation dans un rire étouffé, pendant que Javier s'inclinait pour déposer une pluie de baisers le long de son bras nu.

— C'est bien ce que tu as dit, non ? fit-il en redressant la tête Apparemment, c'est à cela que tu résumes une relation sexuelle… Ce qui dénote, d'ailleurs, un manque cruel d'imagination. Quoi qu'il en soit, je ne suis pas un monstre, et je n'ai pas l'intention de te pousser dans tes retranchements. À moins que tu n'en exprimes le souhait…

Un regard ombrageux le mitrailla d'éclairs fulgurants.

— Un seul mot de toi, et j'arrête, souffla-t-il.

L'absence de réponse d'Emily incita Javier à resserrer son étreinte, et le parfum de jasmin et d'orange émanant de ce corps chaud lui monta à la tête, le rendant fou de désir.

— Dis-moi d'arrêter, *cariño*, implora-t-il, conscient qu'il faudrait cela pour éviter que ne se rompe le dernier fil qui le rattachait encore à son sang-froid.

Dans le regard bleu, Javier lut qu'Emily savait qu'il cherchait à gagner du temps. C'était comme si elle avait formulé cette accusation à haute voix. Cependant, le désir la rendait muette, et il profita de son incapacité à protester pour plaquer sa bouche juste à la base de son cou gracile et aspirer sa peau délicate.

Cela suffit à ce qu'Emily s'abandonne entre ses bras.

Javier la souleva du sol, l'emportant vers une chaise.

Mieux valait, songea-t-il, qu'il ne se risque pas à la transporter jusqu'à l'intérieur de la villa. Sinon leur accord volerait en éclats – en même temps que ce qu'il lui restait d'honneur –, tandis que les vêtements d'Emily seraient en charpie et éparpillés au sol en quelques secondes.

Il la fit asseoir à califourchon sur ses genoux, se délectant du spectacle qu'elle offrait ainsi, ses jambes de part et d'autre des siennes, le dominant de toute sa hauteur. Le rideau des longs cheveux blonds les protégeait du reste du monde, les isolant dans une bulle magique où le moindre effleurement se chargeait d'un érotisme torride, où n'existaient plus que des pensées divinement immorales.

La faisant aller et venir contre son érection, Javier constata qu'Emily y prenait le même plaisir que lui. En effet, un concert de gémissements accompagnait l'enchevêtrement de leurs langues tandis qu'ils s'embrassaient avec passion.

En son for intérieur, Javier se promit de ne pas rompre

leur pacte – pas de pénétration. Trop de choses étaient en jeu. Cependant, cela ne signifiait nullement qu'il laisserait partir Emily, cette nuit, sans s'être vengé d'elle de la plus divine façon.

D'ailleurs, la tenue qu'elle avait choisie n'était pas conçue pour qu'il conserve son sang-froid. C'était à croire que la robe d'Emily – à l'apparence toute simple – avait été créée pour le mettre à la torture. Les fines bretelles du corsage de satin retenaient un profond décolleté en V, lequel dégageait largement l'espace entre les seins, en une invitation que Javier n'aurait su refuser. Il appliqua une paume contre le sternum exposé de sa femme, tandis que son autre main se faufilait par la fente de la jupe ouverte à mi-cuisse. Ses longs doigts crochetèrent une fesse, pour attirer Emily encore plus étroitement contre lui, avec une force et une énergie qui lui semblaient insuffisantes à satisfaire le désir insatiable qu'il avait d'elle. Ce n'était qu'en plantant les doigts dans la chair tendre qu'il parvenait à ce que leur tremblement ne trahisse pas son avidité.

À l'abri derrière le rideau de cheveux blonds, Javier était aveuglé par le déchaînement de sa libido. Mais il n'avait nul besoin de ses yeux pour palper, caresser, savourer.

Ses lèvres trouvèrent celles d'Emily sans la moindre hésitation, et il les dévora dans un rugissement frénétique. Sa langue plongea au plus profond de cette bouche offerte.

Emily avait beau être dans une position dominante, cela n'empêchait nullement qu'il prenne possession de ses lèvres avec une urgence impérieuse. Et elle s'abandonnait totalement à ses baisers, se contentant de s'ouvrir à lui tandis qu'il se noyait en elle.

Tout à coup, prendre conscience de ce qu'il était en train de faire marqua un point d'arrêt pour Javier. Il ne pouvait aller plus loin. Peu importait qu'il en meure d'envie.

Emily avait eu raison de lui imposer ce pacte. Elle ne savait que trop bien qu'il était capable de lui faire perdre la tête. Et Javier se refusait à franchir la ligne rouge qu'elle lui avait tracée. Il ramena les mains sur le haut des bras d'Emily, s'efforçant de la tenir à distance quand elle ne demandait qu'à combler l'espace qui les séparait.

— Emily…, souffla-t-il très doucement.

Il était encore temps de tout arrêter avant qu'ils ne se perdent dans ce maelström de passion.

Emily secoua la tête. Elle comprenait que Javier cherchait à mettre un terme à cette folie, mais elle se refusait à lui donner satisfaction.

Certes, ils flirtaient dangereusement avec la limite qu'ils s'étaient fixée, et c'était déraisonnable. Mais la tension qu'elle percevait en Javier depuis plusieurs jours avait fini par s'infiltrer en elle. Et la seule manière qu'elle avait d'y donner libre cours était de poursuivre cet échange frénétique, éperdu de passion.

La seule option qui s'offrait à elle était de faire que sa frustration se consume en une conflagration incendiaire. Elle choisissait de s'abandonner entre les bras de son mari en toute connaissance de cause. C'était exactement ce dont elle avait besoin.

Sur la bouche de Javier, Emily vint cueillir son prénom qu'il murmurait dans un souffle se voulant protestation. De la pointe de la langue, elle lui fit entrouvrir les lèvres et l'embrassa sans la moindre retenue lorsqu'il capitula. Le gémissement sourd qui monta de la gorge de Javier se répercuta dans tout son être, jusqu'à lui faire instinctivement écarter les cuisses pour mieux souder son corps au sien – en une invite tacite à ce qu'il lui donne davantage.

Javier rejeta la tête en arrière, semblant succomber totalement. Mais pouvait-elle y croire ? Cependant, la colonne de son cou ainsi exposée offrait une tentation irrésistible. Emily y déposa une pluie de baisers, savourant la saveur à la fois douce et épicée de l'épiderme. Puis elle en mordilla la puissante musculature, frissonnant au contact de la repousse de barbe dont la sensation d'égratignure contre sa peau tendre avait quelque chose d'étonnamment délectable.

Les longs doigts se crispèrent autour de ses bras, sans que Javier ne fasse mine ni de l'attirer ni de la repousser. Au fond, c'était comme s'il réaffirmait les limites qu'ils s'étaient fixées, alors qu'Emily ne demandait qu'à les repousser – pour savoir jusqu'où il était prêt à aller et comprendre jusqu'où s'étendait sa propre détermination.

Elle reprit ses avances, s'emparant à nouveau de sa bouche, promenant une langue exploratrice sur les lèvres pleines, le tourmentant par une avalanche de petits baisers, exacerbant l'excitation qui les taraudait l'un et l'autre, jusqu'à un point proche de la souffrance.

Posant une main sur l'épaule de Javier, Emily agrippa sa chemise, et ses ongles labourèrent peau et chair en dessous. En, réponse, les doigts de Javier se mirent à pétrir son postérieur, lui arrachant un gémissement de plaisir pur qu'elle exhala dans la bouche qui dévorait la sienne. Elle entendit Javier inspirer brusquement, comme s'il cherchait à s'approprier jusqu'à l'air qu'elle respirait. Mais aussi comme s'il n'envisageait pas d'obtenir davantage d'elle…

Cette pensée faillit faire pousser à Emily un cri de protestation, de dénégation.

— Je te veux, souffla-t-elle contre les lèvres de Javier. Je veux tout cela. Cette fois, je ne me sauverai pas. Je t'en supplie. Ne t'arrête pas. Pas maintenant.

Paupières closes, haletante, Emily se reprocha l'égoïsme de cette requête tout en s'avouant à elle-même son incapacité à contrôler le désir qui la tenaillait – cette folie furieuse courant dans ses veines. Avec circonspection, elle rouvrit les yeux pour rencontrer le regard de Javier dardé sur elle. Un instant, ils demeurèrent sidérés, captifs au centre de l'œil du cyclone. Le regard sombre sondait le sien, en quête de réponses qu'elle n'était pas en mesure de fournir. Javier la scrutait avec une telle intensité qu'Emily avait l'impression qu'il pouvait lire dans son âme.

— Tu le veux vraiment ? demanda-t-il.

Mordillant sa lèvre inférieure, elle se contenta de hocher la tête. *Oui, vraiment.* À un point tel, qu'elle n'osait même pas formuler sa réponse à haute voix.

— *Me rindo,* murmura-t-il. Je me rends.

Cet aveu de reddition fit tomber les dernières réserves d'Emily. Elle se jeta contre la bouche de Javier avec une passion inouïe. À n'en pas douter, tous deux se souviendraient de cet instant précis jusqu'à la fin de leurs jours. Des mains fébriles trituraient qui le satin, qui le coton. Des langues s'emmêlaient en un ballet torride. Des gémissements éperdus se confondaient, tandis que chacun se livrait comme jamais et recevait tout autant.

Prenant Emily dans ses bras, Javier se mit debout, dans une démonstration de force physique qui la sidéra. On aurait pu croire qu'il était à sa merci, mais Emily savait que c'était elle qui dominait la situation. Avec mille précautions, il la déposa sur la nappe qui recouvrait la table, comme si elle était l'ultime repas offert à un mendiant. Levant les genoux, elle posa les pieds à plat tandis que son mari la dévorait des yeux.

— *Tu eres mi reina*, souffla-t-il.

Dans sa tête, Emily traduisit ses paroles. Elle était sa reine. Pareille proclamation, prononcée avec une telle dévotion, attisait inévitablement l'incendie qui faisait rage en elle.

Javier retroussa le satin de la robe le long de ses mollets, puis la prit par les genoux pour lui écarter les jambes. Emily sentait son sexe palpiter d'un désir effréné que seul Javier parviendrait à combler. Il vint se placer entre ses cuisses, remontant de plus en plus haut l'ourlet de sa jupe, caressant sa chair frémissante avec une délicatesse qui exacerbait l'excitation d'Emily.

Pendant tout ce temps, son regard disait tout ce qu'il rêvait de lui faire, la prévenant clairement de ses intentions, exaspérant la faim avide qui la taraudait, dans un silence plus expressif que n'aurait pu l'être aucune déclaration. Dans les yeux sombres de son mari, Emily lisait aussi une interrogation – ou un avertissement. Une limite allait être franchie.

Que le ciel lui vienne en aide, songea-t-elle, car opiner d'un signe de tête frénétique était la seule réponse qu'elle était en mesure d'apporter.

S'inclinant, Javier déposa un baiser sur son genou dont il avait écarté l'étoffe soyeuse, de sorte qu'il appliqua les lèvres sur sa peau nue, puis y passa la langue, tandis qu'il agrippait fermement ses cuisses. Fermant les yeux, Emily s'abandonna totalement aux sensations grisantes qui déferlaient en elle. Peu à peu, les baisers dont la gratifiait Javier montèrent de plus en plus haut vers le delta de sa féminité.

Dans sa gorge, elle sentait la saveur âcre de l'ivresse érotique tandis que l'impatience palpitait dans sa poitrine. Haletante, Emily laissa Javier lui ouvrir un peu plus les cuisses, et il ne put retenir un gémissement ravi lorsqu'elle s'appuya sur la table pour hisser le bassin vers lui… La situation aurait pu être embarrassante, et Emily aurait pu se sentir gênée d'être ainsi offerte, mais il n'en était rien.

Bien au contraire, elle n'en était que plus consciente de son pouvoir sexuel et elle se sentait d'autant plus belle. Comme jamais jusque-là, Emily avait le sentiment d'être maîtresse de ses désirs.

Un chapelet de mots incompréhensibles s'échappait des lèvres de Javier, mais elle n'avait nul besoin de traduction. Elle percevait leur sens au plus profond de son être.

Javier et elle étaient en train de vivre un moment exceptionnel, bien au-delà de ce qu'ils avaient connu précédemment. À croire que la manière dont ils avaient respecté leur accord ainsi que les quelques jours écoulés avaient permis de mettre au jour une vérité sans fard que leur jeunesse les avait empêchés d'affronter par le passé.

Ce fut alors que Javier souda ses lèvres à la bande de soie

qui dissimulait le cœur de son intimité. Puis sa langue brûlante se mit à l'œuvre, et les dernières pensées cohérentes d'Emily partirent en fumée sur le brasier de la passion.

Pour quelqu'un qui n'était pas particulièrement enclin à la religiosité, Javier n'avait jamais imploré Dieu aussi fréquemment en si peu de temps.

Il était certain que ces instants demeureraient à jamais gravés dans son âme. Sa langue allait et venait sur l'étoffe qui recouvrait l'intimité brûlante d'Emily, dont les cuisses étaient agitées de tremblements frénétiques. Il avait plaqué une main sur son ventre, non pour la maintenir en place mais pour éprouver avec délectation le moindre soubresaut de son corps. C'était avec un mélange de ravissement et de fierté que Javier percevait les frémissements de plaisir auxquels s'abandonnait sa femme.

Au bout de quelques instants, cela ne suffit plus à le satisfaire. Écartant l'étoffe détrempée, il souda sa bouche au-dessous du buisson de boucles blondes. Le sursaut d'Emily faillit la jeter à terre, et Javier ne parvint pas à réprimer un sourire ravi. Il avait toujours connu Emily passionnée et expansive, pourtant ce soir il était frappé par ce qu'il y avait de différent dans ses débordements.

Il entreprit de titiller de la pointe de la langue le clitoris gorgé de désir, accentuant progressivement les pressions qu'il y exerçait, se délectant de sentir Emily y répondre en avançant le bassin vers lui. Enfin, il la gratifia de petits coups de langue successifs, ce qui eut raison d'elle, la faisant onduler fougueusement contre sa bouche.

Sentir se déchaîner l'excitation d'Emily ne faisait qu'intensifier l'érection de Javier, jusqu'à le soumettre à un délicieux tourment. D'autant qu'il était fermement décidé à ne pas trouver le soulagement ce soir. Au lieu de quoi, il mit tout son zèle à conduire Emily à l'orgasme.

Tout d'abord, il appliqua très doucement son pouce à l'orée du sexe d'Emily comme pour la prévenir de ce qu'il allait faire. Puis il glissa deux doigts en elle, sans pour autant interrompre le va-et-vient de sa langue sur son clitoris. Poussant un cri inarticulé, elle se cambra violemment sur la table. Ensuite, elle se mit à psalmodier son prénom en une supplication qui le mit au supplice. Car il se refusait absolument à rompre sa promesse de ne pas la pénétrer. Il n'avait jamais désiré rien ni personne autant qu'il désirait sa femme. Cependant, il ne savait que trop bien ce qui était en jeu, et il se refusait à prendre un risque inconsidéré.

Trouvant le point où il savait pouvoir donner à sa femme plus de plaisir qu'elle n'était capable d'en supporter, Javier plongea ses doigts en elle et les mit en mouvement pour titiller et agacer, jusqu'à la mener plusieurs fois au bord de la jouissance. Jusqu'à ce que les gémissements et sanglots montant de la gorge d'Emily soient à tout jamais imprimés sur sa propre langue. Enfin, à l'instant où elle protestait qu'elle n'en pouvait plus, il enfonça les doigts aussi profondément qu'il lui était possible, tout en mordillant son clitoris. Emily jouit dans sa bouche, Ses muscles internes se contractèrent convulsivement autour des doigts de Javier, et elle s'effondra dans un déferlement de volupté qu'il s'honorait de lui avoir offert.

S'extrayant de l'épuisement qui l'avait envahi à son tour, Javier prit sa femme dans ses bras et l'emporta jusqu'à leur lit, en prenant garde que Diabla ne le fasse trébucher tant elle suivait ses pas.

Sans tenir compte de la protestation ensommeillée d'Emily, il la débarrassa de sa robe et la fit s'allonger en tirant sur elle le couvre-lit. Il ne prit même pas la peine de chasser Diabla lorsque celle-ci sauta sur le lit et vint se lover contre sa maîtresse. Il n'aurait pu dire combien de minutes il resta à contempler ce délicieux tableau. Tout ce qu'il savait, c'était qu'il s'était attardé trop longtemps.

Lorsque Emily s'éveilla, des frissons de plaisir couraient encore dans ses veines. Elle sourit en découvrant Diabla roulée en boule au creux de ses bras. Mais, dans son dos, il n'y avait rien d'autre que la fraîcheur de la nuit. Un coup d'œil au réveil lui indiqua qu'il n'était que 3 heures du matin. Quelque chose n'allait pas.

Cela lui rappela la tension qu'elle avait perçue chez Javier depuis leur visite de l'Alhambra. Il lui fallait absolument savoir de quoi il retournait. Si elle faisait semblant de rien, son mari continuerait à se taire. Existait-il un homme plus entêté à la surface de la planète ?

Très doucement, pour ne pas réveiller la chatte, Emily se leva, puis enfila son peignoir et gagna le rez-de-chaussée. Dans la pénombre, à peine troublée par la clarté de la lune, la maison se révélait sous une apparence tout à fait différente de ce qu'elle était en plein jour. Dans le salon, Emily comprit à quel point les modifications qu'elle avait apportées au décor brisaient l'harmonie du lieu. Elle se promit d'y remédier.

Emily s'était attendue à trouver Javier assoupi dans un fauteuil, mais il n'en était rien. L'inquiétude l'assaillit, et la chair de poule la gagna.

Ce fut le reflet de la lune sur sa chemise immaculée qui lui fit découvrir son mari assis dans le patio. Pendant un long moment, Emily demeura immobile à le contempler, essayant de rassembler son courage. Instinctivement, elle avait la certitude que, quels que soient les propos qu'ils allaient échanger quand elle le rejoindrait, ils risquaient d'ériger entre eux une barrière bien plus infranchissable que celle qu'elle avait créée en leur imposant cette règle d'abstinence.

Javier n'avait-il pas attesté de son absolue sincérité en prononçant ses vœux ?

C'était aussi son propre cas. Mais elle était tout aussi sincère lorsqu'elle disait envisager le divorce. Car ni l'un ni l'autre ne pouvait continuer à vivre comme au cours des six années passées.

Ouvrant la porte vitrée qui donnait sur le patio, Emily s'avança pieds nus jusqu'à l'endroit où Javier était assis, sur la première marche de la piscine. Il ne fit pas un geste. Pourtant, elle était certaine qu'il était conscient de sa présence. C'était un changement imperceptible de sa posture qui l'avait trahi : il semblait s'être figé encore davantage.

Emily ouvrit la bouche, se préparant à parler, mais Javier ne lui en laissa pas le temps.

— Pourquoi ne m'es-tu pas revenue ? lâcha-t-il d'une voix sourde.

9.

Emily se réjouit que Javier n'ait pas tourné la tête vers elle en posant cette question. Elle préférait ne pas lire l'expression de son visage. Sa voix sans timbre ne lui avait pas permis de savoir quel était son état d'esprit. Néanmoins, elle ne put empêcher une douloureuse culpabilité de contracter sa poitrine, rendant sa respiration haletante.

C'était exactement cela qu'elle avait fui tout au long des six années passées : cette explication.

Prenant place sur les marches, elle veilla à ne pas le frôler, mais s'installa suffisamment près de lui pour percevoir la chaleur qui émanait de son corps.

Quelques heures auparavant, Emily s'était dévoilée comme jamais aux yeux de son mari. Il était impensable qu'elle ne réponde pas sincèrement à sa question. Désormais, l'un comme l'autre méritait la vérité.

— Lorsque ma mère a rencontré Steven, j'avais sept ans, commença-t-elle.

À n'en pas douter, Javier devait se demander où elle voulait en venir. Au mouvement qu'elle perçut à ses côtés, Emily comprit qu'il tournait la tête dans sa direction. Néanmoins, elle continua de fixer le canyon plongé dans l'ombre. C'était plus facile.

— Jusque-là, reprit-elle, nous avions vécu toutes les deux, et j'étais très heureuse. Ma mère n'a jamais vraiment su qui était mon père. Elle n'avait que dix-sept ans, à l'époque, et était en conflit avec ses parents. Lorsqu'elle leur a annoncé sa grossesse, ils l'ont tout bonnement jetée dehors.

Emily marqua une pause en entendant Javier lâcher une petite interjection désapprobatrice, et elle sourit dans le vide.

— Je n'ai pas souffert de cette situation, enchaîna-t-elle. Ma mère savait mettre de la magie dans notre vie. Elle était très gaie, même si la vie était difficile pour elle. Il lui a fallu travailler dur pour m'élever. L'argent était…

De nouveau, Emily s'interrompit, cherchant comment formuler les choses pour qu'un homme aussi riche que Javier comprenne.

— … rare, finit-elle par conclure. Même si elle faisait tout pour me cacher ses angoisses, je voyais bien qu'elle en bavait. Par-dessus le marché, être encombrée d'une gamine alors qu'elle sortait à peine de l'adolescence ne favorisait pas une vie sociale épanouie. Par conséquent, quand elle a fait la connaissance de Steven…

Ce qu'Emily se rappelait, avant tout, c'était le soulagement visible de sa mère à l'idée de partager son fardeau. Aussi, s'était-elle bien promis de faire tous les efforts possibles envers son beau-père.

— Il lui a apporté la sécurité dont elle avait besoin, poursuivit-elle. Cela suffisait pour qu'elle soit parfaitement heureuse. Je ne voulais surtout pas gâcher son bonheur en étant jalouse. Mais je l'ai vue changer progressivement et perdre toute sa vitalité. Insensiblement, elle a oublié celle qu'elle était vraiment pour n'exister qu'à travers un homme, dans l'ombre de son mari.

Évoquer tout cela était toujours aussi douloureux pour Emily, et sa gorge nouée la contraignit à se taire quelques secondes. Elle écrasa une larme sur sa joue, avant de relancer son récit d'une voix sourde :

— Ce n'est pas que Steven exige qu'elle sacrifie tous ses désirs aux siens, qu'il réclame ouvertement que ma mère le fasse toujours passer en premier. Non, c'est presque pire. Il considère cela comme un fait acquis. Et ma mère est incapable de ne pas se plier à sa volonté. Elle gravite autour de lui, comme la Terre autour du Soleil.

Encore une fois, la voix d'Emily s'étrangla dans sa gorge. Puis elle se tourna vers Javier, et conclut :

— J'ai eu peur d'être en train de faire la même chose avec toi.

La conclusion d'Emily frappa Javier comme un uppercut à l'estomac. Pour un peu, il se serait reproché sa question. Et il regrettait l'amertume qui l'avait poussé à la poser.

— Emily…, commença-t-il.

Elle leva une main pour le faire taire.

— Ce n'était pas ta faute, Javier, dit-elle précipitamment. Je ne t'accuse pas. Quand nous nous sommes mariés, je ne parlais pas l'espagnol et je ne connaissais personne ici, à part toi. J'avais arrêté mes études, et toute ma vie tournait autour de toi. Très vite, j'ai passé mes journées à t'attendre, à espérer les week-ends où j'aurais enfin quelqu'un à qui parler. Et, même là, je n'avais rien d'autre à échanger avec toi que mes expériences culinaires ou ma recherche d'objets pour décorer notre intérieur.

Javier fronça les sourcils. Emily avait beau se défendre de chercher à le culpabiliser, il restait sur la défensive.

— Je t'ai pourtant demandé si tu voulais suivre des cours de langue pour t'inscrire à l'université, protesta-t-il avec plus de véhémence qu'il ne l'aurait souhaité.

— C'est vrai, admit Emily. Mais tu aimais aussi que je t'accompagne dans tes voyages d'affaires. C'était peu compatible avec une poursuite d'études…

L'air pensif, Emily se tut quelques secondes. Javier ne savait trop quoi rétorquer. Au fond, il ruminait la vexation de ne s'être rendu compte de rien à l'époque.

— Puis les jours ont passé, enchaîna Emily, et je me suis sentie de plus en plus sur la touche. Du coup, j'ai fini par penser que, si je rentrais en Angleterre et que tu venais m'y rechercher, alors je saurais. Je saurais si je n'étais pas devenue complètement transparente à tes yeux. Et j'aurais enfin la certitude que je n'étais pas simplement un satellite dans ton orbite…

Et je saurais si tu m'aimais vraiment.

À entendre ce qu'Emily ne lui avait jamais dit, Javier sentit quelque chose se mettre à trembler au tréfonds de son être : les remous d'une douleur que tous deux avaient endurée en silence.

— Pourquoi n'es-tu pas venu me chercher ? demanda Emily d'une toute petite voix.

Javier serra les dents si fort qu'il les entendit presque grincer.

— C'était impossible, souffla-t-il, submergé par la honte.

— Pourquoi ?

Imperceptiblement, les liens qui rattachaient Javier à la culpabilité et à la colère commencèrent à se desserrer.

— Parce que j'avais échoué à te rendre heureuse, admit-il d'une voix rendue rocailleuse par la difficulté à formuler pareille vérité. Cela faisait des années que je bataillais pour réussir. Et j'avais échoué dans ce qui comptait le plus pour moi : notre relation.

Javier ferma les yeux sous l'effet de la souffrance qui le submergeait tandis qu'il formulait ce qu'il s'était toujours refusé à regarder en face.

— Venir te chercher, c'était prendre le risque de lire l'évidence de mon échec dans tes yeux. Si je ne le faisais pas, alors je pouvais continuer à prétendre que rien de tout cela n'était arrivé. Je n'avais pas échoué, et tu ne m'avais pas quitté.

Il sentit la main d'Emily se poser sur sa joue pour l'obliger à lui faire face. Dans son regard, Javier découvrit l'écho du mélange complexe de compréhension, culpabilité, pardon, qui enserrait son propre cœur comme un étau. Sans un mot, elle posa la tête sur son épaule, et ils demeurèrent ainsi jusqu'à ce que les premiers rayons de l'aube franchissent la crête du canyon. Immobiles, ils attendirent que des flots d'or et de bleu supplantent les ténèbres. Jusqu'à ce que les miaulements éperdus de Diabla leur indiquent qu'elle attendait sa pitance.

Trois heures plus tard, alors qu'ils avaient fini par s'effondrer dans leur lit, épuisés par le manque de sommeil et par la charge émotionnelle des aveux échangés, des coups sonores frappés à la porte d'entrée de la villa les réveillèrent dans une montée d'adrénaline pure. Emily bondit hors du lit, tandis que Javier lâchait un chapelet de jurons.

Suivant Javier du regard, tandis qu'il quittait la chambre à grandes enjambées, seulement vêtu d'un pantalon de coton noir, Emily s'efforça d'ignorer l'onde de chaleur qui montait en elle à la vue de son dos musclé et des épaules qu'il faisait rouler comme s'il se préparait à se battre.

Bang, bang, bang, bang, bang…

Les coups avaient repris, la faisant à nouveau sursauter.

Javier hurla quelque chose en direction de la porte, et on lui répondit sur le même ton. Emily saisit seulement :

— Ouvre, bâtard !

Ce à quoi Javier répliqua par quelques mots qui auraient certainement fait rougir le diable lui-même.

Du haut de l'escalier, elle vit Javier ouvrir la porte, révélant Santiago muni d'une bouteille de champagne dont il déversait le contenu dans la cour.

— *Cristo*, Santi ! s'exclama Javier. Quelle heure est-il ?

— L'heure de trinquer, *hermano* !

Santiago bouscula son ami pour entrer dans le vestibule. Il s'arrêta brusquement en découvrant Emily en haut de l'escalier, et ouvrit grand les bras.

— Emily, *mi hermosa* ! s'écria-t-il. Comme c'est bon de te revoir ! Comment ce vaurien a-t-il réussi à te faire revenir ?

— Il a simulé l'amnésie, tout simplement.

L'expression outrée de Santi fit venir un sourire aux lèvres d'Emily. C'était tellement surjoué qu'elle ne doutait pas qu'il ait été au courant.

— *Cabrón !* lança-t-il en gratifiant Javier d'une bourrade sur l'épaule qui n'avait rien de simulée. Qu'est-ce qui ne va pas chez toi ?

— C'est plutôt à toi qu'il faut demander ça, Santi, protesta Javier en jetant un coup d'œil à sa montre. Il est 10 heures du matin. Qu'est-ce qu'il t'arrive ?

— Eh bien, si tu veux le savoir, répondit Santi avec un geste large du bras, je suis sélectionné pour un prix à la cérémonie des Goyas.

Poussant une exclamation de joie, Emily dévala l'escalier pour le féliciter. Les Goyas étaient l'équivalent espagnol des Oscars, et ils récompensaient chaque année les meilleures œuvres de cinéma.

— C'est formidable ! s'exclama-t-elle en se jetant au cou de Santi. Mais Mariana n'est pas avec toi ?

— Elle arrive. En ce moment, elle ne peut pas passer devant une boulangerie sans s'arrêter pour acheter des beignets. L'odeur des *churros* la rend complètement *loca*.

Tandis que les deux hommes se congratulaient, Emily ne put s'empêcher d'éprouver un petit regret. Pendant ses quelques années de vie commune avec Javier, elle n'avait pas su se rapprocher vraiment du couple adorable que formaient Santi et Mariana. En dépit de leur cordialité, la barrière de la langue était restée un handicap pour elle comme pour eux.

Posant la bouteille sur la table, Santi prit Javier dans ses bras.

— Je n'aurais jamais réussi sans ton aide, *amigo*, dit-il avec émotion.

À la lumière du récit que lui avait fait Javier, Emily comprit la force du lien qui unissait les deux hommes.

Ils entendirent Mariana apostropher son époux avant même qu'elle n'apparaisse à la porte. Amusée, Emily comprit qu'elle reprochait à celui-ci de l'avoir abandonnée pour venir boire avec son ami. Mais dès qu'elle eut franchi le seuil, Mariana se précipita sur elle pour la serrer contre son ventre particulièrement rebondi.

— Seigneur ! lança Emily en la tenant à bout de bras.

— Des jumeaux ! expliqua Mariana avec une moue faussement scandalisée.

Elle prit les mains d'Emily et les posa fièrement sur son ventre.

— Emily, dit-elle, je te présente Sara Torres, et son frère, Óscar *Javier* Torres.

Un frisson parcourut Emily en entendant le prénom que le couple avait choisi pour leur fils. Elle se tourna vers Javier, croisant son regard posé sur elle et le ventre rond de Mariana.

C'était exactement cela qu'elle désirait, songea Emily. Être enceinte de Javier. Porter son enfant et faire qu'ils corrigent, ensemble, les erreurs commises par leurs parents respectifs. Est-ce que leur amour et toutes les choses qu'ils avaient apprises l'un de l'autre suffiraient à ce qu'ils soient capables d'apaiser les souffrances de leurs histoires respectives ? Emily aurait tellement aimé que leur mariage fonctionne. Mais toute la bonne volonté du monde n'y suffirait pas s'ils ne parvenaient pas à tourner la page du passé.

Le regard de Javier se vrilla au sien, et elle y vit qu'il partageait son avis – comme s'il avait lu dans ses pensées. En cet instant, il y avait entre eux une communion exacte et sincère. Puis Santi rompit le charme en réclamant à cor et à cri que sa nomination soit dignement arrosée.

Javier s'installa confortablement à l'ombre du parasol qui protégeait de l'implacable soleil de ce début d'après-midi. La table était encore encombrée des reliefs de leur déjeuner. En face de lui, Emily et Mariana bavardaient gaiement dans un mélange d'anglais et d'espagnol. Leurs deux têtes étaient penchées sur le téléphone portable d'Emily qui montrait quelques-unes de ses réalisations. Il était saisissant de constater l'enthousiasme et la fierté avec lesquels elle évoquait son travail et son entreprise. Jamais Javier ne lui avait vu autant de confiance en elle, ni de joyeuse effervescence.

Il lui vint à l'esprit qu'il serait heureux de visiter les bureaux de sa femme en Angleterre, de découvrir le lieu où elle vivait et travaillait. Curieusement, à part pour le bref épisode – des plus inconfortables, d'ailleurs – au cours duquel Emily l'avait présenté à sa mère et à son beau-père, ils n'avaient jamais réellement séjourné ensemble en Grande-Bretagne. Javier le regrettait maintenant, mais il se souvenait combien il avait été pressé d'établir leur jeune foyer à Frigiliana – loin de la résidence madrilène de sa mère et de Barcelone où demeurait son oncle. À l'époque, il n'avait nullement eu conscience des difficultés d'adaptation d'Emily.

Il esquissait une mimique contrite à l'instant où il perçut le regard de Santi posé sur lui.

— Alors, elle a fini par découvrir que tu jouais la comédie ? demanda celui-ci.

— Quoi ? Tu crois que je n'étais pas sincère ?

— Exactement !

— Tu n'as pas tort. Je ne suis pas très fier de moi, mais il faut dire qu'Emily l'avait bien cherché.

Santi haussa un sourcil interrogateur.

— Je suppose que tu as vu le perroquet, expliqua Javier.

— Et le chat ! renchérit son ami. J'espère ne plus croiser ce monstre.

Pour appuyer son propos, il mima un frisson et se signa.

— Diabla appartient à la race des sphinx, et ce sont des chats très méconnus, protesta Javier. En réalité, elle est très affectueuse.

— Si tu le dis, rétorqua Santi avec une moue ironique.

Il reporta son attention sur les deux femmes, avant d'ajouter :

— Je suis heureux de revoir Emily. J'ai toujours trouvé que sa présence t'était bénéfique. D'ailleurs… je n'ai jamais compris pourquoi tu n'étais pas allé la rechercher en Angleterre, après son départ.

— Cela n'a plus d'importance puisqu'elle est revenue.

— Pour de bon ?

Javier aurait été bien en peine de répondre à pareille interrogation. Pour la première fois de sa vie, il redoutait que son obstination légendaire ne suffise à régler le problème. Fort heureusement, Santi abandonna le sujet et se mit à raconter à la ronde ses démêlés avec les caprices des stars hollywoodiennes sur le plateau de son nouveau film.

La sonnerie du téléphone de Javier vint brutalement interrompre leurs rires.

Jetant un coup d'œil au numéro affiché sur l'écran, il prit bien garde de se composer une expression impassible car Emily le fixait depuis l'autre côté de la table.

— Pardonnez-moi…, lança-t-il en se levant.

Il attendit d'être à l'intérieur de la villa pour décrocher.

— Mère ? fit-il avec tout le calme dont il pouvait faire preuve, même si son cœur battait la chamade.

— Où, diable, te caches-tu ? Pourquoi m'as-tu laissée tomber ?

Javier connaissait bien le ton hystérique sur lequel Renata avait lancé ce qui était davantage des accusations que des questions. Il s'attendait aux flots d'amertume et de méchanceté qui ne tarderaient pas à suivre.

— Je passe ma convalescence à Frigiliana, répondit-il d'une voix crispée malgré lui.

Javier ne parvenait pas à faire taire en lui le petit garçon désireux de satisfaire sa mère qui, elle au moins, ne l'avait pas abandonné.

— Depuis tout ce temps, tu devrais avoir récupéré, non ? protesta Renata avec véhémence. J'ai besoin de toi à Madrid ! J'ai des projets d'investissement dont je veux te parler.

— Tu ne peux pas demander son avis à Luis ?

Javier sentait déjà monter la migraine, et il se passa la main sur le front. Le mari de Renata pouvait au moins prendre sa part de cette nouvelle crise, songea-t-il.

— Luis ? s'exclama sa mère. Je l'ai flanqué dehors. Il piquait dans la caisse. C'est pour ça que j'ai besoin que tu viennes mettre de l'ordre dans mes affaires.

— Non. Ne compte pas sur moi.

Un silence glacial suivit. Puis, Renata reprit :

— Ne fais pas l'enfant, Javier. Je t'attends chez moi demain.

— Non, répéta fermement Javier.

Pour une fois, sa culpabilité habituelle était supplantée par la colère qu'il éprouvait en comprenant que sa mère ne cesserait jamais de le mettre à l'épreuve, quels que soient les efforts qu'il ferait pour la satisfaire.

— Comment oses-tu ? glapit-elle. Après tout ce que j'ai fait pour toi ! Sans moi, tu serais à la rue, comme ton père. Et tu as le culot de me jeter mon amour au visage ? Quelle ingratitude ! Laisse-moi te dire que…

D'un index décidé, Javier avait déjà cliqué sur la touche qui mettait fin à l'appel.

Poussant un grand soupir, Santi finit de ranger les assiettes dans le lave-vaisselle, puis se tourna vers Emily.

— Je crois que nous ferions mieux de vous laisser, dit-il tristement. Quand Renata l'appelle et que ça prend plus de deux minutes, ce n'est pas bon signe. Je pense que Javier en a pour un moment avant de se débarrasser d'elle. Quand tu iras le retrouver, Emily, essaie de ne pas être trop dure avec lui. Tu veux bien ?

L'inquiétude qu'exprimait cette interrogation alla droit au cœur d'Emily. Elle assura à Santiago qu'il pouvait compter sur elle.

Lorsqu'elle eut raccompagné le couple à sa voiture, Emily regagna pensivement la villa. Dire qu'aujourd'hui elle était désolée pour un homme qu'elle avait menacé de divorce à peine huit jours auparavant ! Désormais, elle n'ignorait plus rien de ce petit garçon caché au fond du cœur de Javier, ni de la souffrance qui avait été la sienne face à l'abandon de son père et aux excès de sa mère.

Elle trouva Javier dans le salon, planté devant la baie vitrée donnant sur le canyon, perdu dans ses pensées. Pendant quelques secondes, Emily demeura sur le seuil de la pièce, le contemplant en silence, réfléchissant à leurs erreurs passées.

Ne s'étaient-ils pas précipités tête baissée dans le mariage parce que l'un comme l'autre fuyait quelque chose ? N'avaient-ils pas cherché dans leur histoire d'amour ce qui leur avait tant manqué dans leurs enfances respectives ? Cela ne remettait nullement en question les sentiments qu'ils éprouvaient l'un pour l'autre, mais peut-être feraient-ils mieux de s'interroger sur ce qu'il y avait d'immature dans leurs décisions de l'époque.

Quant à ces six années de séparation, ne leur avaient-elles pas permis de devenir ce à quoi ils étaient destinés, chacun de son côté ? Avant de se retrouver plus mûrs, plus sages, moins instables ?

Cette pensée apaisait Emily, et ce fut d'un pas plus léger qu'elle s'approcha de Javier. Soudain, les choix qui s'offraient à elle lui semblaient faciles et simples.

Elle était cependant consciente de devoir procéder par étapes. Avant d'exposer ses sentiments à Javier, avant de les guider tous deux vers un avenir qu'elle désirait si fort que cela l'effrayait, il fallait qu'elle sache lui apporter ce dont il avait tant besoin, en cet instant même.

Prenant les mains de son mari dans les siennes, Emily l'obligea à lui faire face. Puis, se tenant devant lui, elle posa une main sur sa joue et appliqua l'autre sur son torse. Soutenant son regard, elle murmura :

— Parle-moi, Javier.

Dans les prunelles sombres, elle lut sa tentation de se comporter comme par le passé, de s'enfermer dans son mutisme en la laissant à l'écart. Mais il était clair qu'il luttait en même temps contre l'envie de s'ouvrir à elle.

Savoir qu'il se livrait à ce combat intérieur était déjà incroyablement important pour Emily. En découvrir l'issue fit naître en elle un formidable espoir.

— J'en ai fini avec elle, souffla-t-il.

10.

Pendant quelques secondes, Javier se demanda si Emily n'était qu'une apparition produite par son esprit troublé. Il avait entendu Santi et Mariana repartir, sachant qu'ils comprenaient. Santiago le connaissait suffisamment pour ne rien ignorer de l'état dans lequel il était à l'issue d'une conversation avec Renata.

Cependant, jamais Emily n'avait eu conscience de ce que cela représentait pour lui. Javier avait toujours réussi à lui dissimuler la vérité. Pendant les quelques années où tous deux avaient vécu ensemble, Renata avait été suffisamment occupée par sa relation avec son époux numéro trois pour les laisser plutôt tranquilles. Lorsqu'elle l'avait quitté, au prétexte qu'il lui était infidèle, c'était seulement un mois avant qu'Emily s'enfuie de Frigiliana sans un regard en arrière.

La chaleur que lui procurait le contact de la jeune femme ramena Javier à la réalité de sa présence.

— J'en ai fini avec elle, redit-il avec une virulence telle que la phrase s'imprima dans son âme. Renata n'a rien d'une véritable mère. Elle est incapable d'amour maternel. Seulement d'un égoïsme destructeur. Je ne lui donnerai plus le moindre sou, ni la moindre parcelle de mon temps.

Elle n'aura plus rien de moi.

Javier ressentait jusqu'au tréfonds de son être la rupture avec sa mère. La façon dont Emily acceptait la situation, le naturel avec lequel elle avait effleuré sa joue, sa candeur spontanée, tout cela aidait à réparer les dégâts que l'appel de Renata avait causés en lui.

— Je suis désolée, murmura-t-elle.

La simplicité de ces mots étouffa l'incendie que sa mère avait allumé en lui.

— Tu n'y es pour rien, objecta-t-il.

Pendant encore quelques instants, Javier s'obstina à se cramponner à sa colère. Malgré tout ce que la présence d'Emily avait d'apaisant. Même si ses paroles fissuraient les murailles dans lesquelles sa fureur l'enfermait.

— Je sais, fit-elle. Je cherche juste à te dire que je comprends, et que je te plains.

Avec l'énergie du désespoir, Javier s'efforça de s'enfoncer dans ce qu'il lui restait d'amertume. Car, s'il s'en extrayait, il risquait de ne pas résister à l'envie de prendre Emily dans ses bras. Or, il tenait à ce que leur accord demeure inviolé. Sa femme était tout ce qu'il lui restait de bien dans la vie, et s'il la perdait…

— Tu ferais mieux de me laisser seul, dit-il en s'efforçant d'échapper au contact d'Emily.

— Pas question.

— Emily, je t'en prie, va-t'en.

Javier craignait de ne pas pouvoir se maîtriser encore bien longtemps.

— N'y compte pas, insista Emily, se cramponnant à lui.

C'était comme si l'air, autour d'eux, crépitait d'une tension quasi palpable. Se hissant sur la pointe des pieds, Emily posa sur les siennes ses lèvres brûlantes, si douces.

— Je n'ai plus besoin de temps pour réfléchir, murmura-t-elle contre sa bouche. Désormais, je sais ce que je veux.

Ses baisers allaient finir par avoir raison de lui. Une saveur salée s'y mêla, et Javier réalisa que des larmes coulaient sur le visage d'Emily. Elle pleurait. Pour lui. Il en fut bouleversé.

— Tu oublies notre contrat…, souffla-t-il.

— Je me fiche de notre contrat. Je veux rentrer chez nous, Javi.

De la pointe de la langue, elle lui fit écarter les lèvres.

— Je t'en prie, reprit-elle. Laisse-moi rentrer chez nous.

Sous l'effort qu'il fournissait pour retenir les derniers vestiges de son sang-froid, Javier tremblait de la tête aux pieds. Ce que lui offrait Emily était presque trop.

L'entendre le supplier précipita l'écroulement des derniers remparts derrière lesquels il se réfugiait. Comme se libérant d'un carcan invisible, il se jeta sur elle, l'enserrant entre ses bras pour la soulever du sol.

Le cri de joie poussé par Emily se perdit dans l'assaut passionné auquel tous deux se livrèrent sans retenue. Elle enroula les jambes autour de la taille de Javier qui la maintenait contre lui, les bras sous ses cuisses, les mains lui empoignant fermement les fesses. Emily entreprit de lui déchirer sa chemise sans se soucier des boutons qui volèrent au sol. Dans le même temps, elle bataillait pour se débarrasser de son propre corsage.

Doucement, Javier gagna le mur du salon, marquant une courte pause avant de se remettre à répandre une tempête de baisers sur les lèvres d'Emily. Elle n'offrait aucune résistance, ouvrant grand la bouche pour mieux accueillir sa langue, l'incitant à approfondir son baiser en une réplique parfaite de l'autre manière dont il prévoyait de la posséder.

Le gémissement extatique qu'elle lâcha donna à Javier l'impression qu'un poing ganté de velours se refermait autour de son érection et l'étreignait. Emily creusa les reins, pressant contre son sexe durci le brasier qui se consumait entre ses jambes écartées. Dans ses veines, Javier sentait bouillonner un désir fou. Une onde de chaleur monta le long de son épine dorsale, jusqu'à sa nuque, tandis que son esprit était envahi par les images de tout ce qu'il voulait faire à sa femme. *Avec* sa femme.

Ce besoin primitif était quelque chose de tout à fait nouveau pour lui, qui ne ressemblait à rien de ce qu'il avait déjà connu.

Il s'écarta pour regarder Emily. Dans ses yeux écarquillés, Javier vit briller une avidité qui ne fit que l'éperonner encore davantage.

— Emily…, supplia-t-il, se raccrochant à l'infime parcelle de retenue qu'il lui restait.

— Je te veux tel que tu es, susurra-t-elle d'une voix hachée.

Dans ses grands yeux bleus, Javier vit qu'elle demandait qu'il lui fasse confiance. Qu'elle affirmait le connaître assez pour savoir ce qu'elle faisait. Cela suffit à lever ses dernières réserves. Un puissant battement de cœur fit courir dans ses veines un désir aussi brûlant qu'une traînée de feu. Quelque chose de sauvage qui ne pouvait être dompté que par Emily, et elle seule.

Relâchant son étreinte, Javier la laissa glisser lentement contre lui, se délectant du frottement de ses hanches, de sa poitrine, de ses mains qui se retenaient à lui, jusqu'à ce qu'elle touche le sol avec ses pieds.

Avec délicatesse, il l'obligea à se tourner entre ses bras, puis la rapprocha du mur sur lequel il lui fit plaquer les mains, à hauteur d'épaules. Il s'en fallut de peu que Javier ne perde le contrôle lorsque Emily se cambra à la rencontre de son sexe durci. Basculant la tête en arrière, elle la posa sur son épaule, exprimant une impatience avide. Laissant échapper une bordée d'imprécations marmonnées, Javier promena les mains le long de sa cage thoracique et vint les refermer sur la rondeur des seins qui emplissaient ses paumes à la perfection.

Emily se plaqua au mur pour empêcher le besoin qui se déployait en elle – comme une chose vivante – de trembler de tous ses membres. Elle avait l'impression que cette faim dévorante ne pourrait jamais être rassasiée, et cela la terrifiait. Jamais elle n'avait éprouvé pareil désir.

Javier enserrait ses seins de ses mains, titillant du pouce les tétons contractés jusqu'à en être douloureux – un supplice exquis et incroyablement grisant. Tout son corps était en proie à une chaleur intense qui faisait naître sur son épiderme des fourmillements irrépressibles. Allait-elle finir par en perdre la tête ? À vrai dire, elle n'en avait cure !

Lorsque l'une des mains de Javier abandonna son entreprise, Emily ne put retenir un cri de protestation dont elle eut presque honte. Fébrile, elle fit jouer ses doigts contre le mur de pierre, les crispant dans un effort vain pour empoigner elle ne savait trop quoi.

Javier l'attira fermement contre lui, tandis que, de sa main libre, il remontait sa jupe le long de sa cuisse. Centimètre par centimètre, il la relevait progressivement comme s'il cherchait à pousser leur excitation à son paroxysme. Puis les longs doigts atteignirent la peau nue sous le coton froissé. Il lui caressa l'arrière de la cuisse de plus en plus haut, et la respiration d'Emily se bloqua dans sa poitrine. Agrippant d'un doigt le bord de sa culotte, Javier tira brusquement dessus, déchirant la soie d'un geste sec qui fit naître une chaleur liquide entre les cuisses d'Emily.

Un sanglot monta de sa gorge, comme il faisait aller et venir son pouce sur le renflement du clitoris. Le contact du long sexe durci contre ses fesses la fit rouler du bassin, alternant ondulations et ruades. Dans une litanie où se mêlaient gémissements et supplications marmonnées, Emily implora Javier de la posséder, mais il continuait scrupuleusement à la conduire vers l'orgasme – comme si le plaisir était une forme de châtiment, non seulement pour elle mais aussi pour eux deux.

Elle sentit qu'il mettait à profit la moiteur de son intimité pour faciliter le passage de ses doigts et rendre moins cuisant le délicieux frottement qu'Emily espérait tant. Son sexe était en feu à mesure que l'orgasme montait en elle – en même temps que le besoin irrépressible qu'il la pénètre.

Avec délicatesse, Javier prit entre pouce et index la petite boule de nerfs palpitante, et Emily laissa échapper un long cri inarticulé. Comme ses bras n'avaient plus la force de la maintenir arc-boutée, Javier l'enlaça afin de consolider leur appui sur le mur.

Emily s'abandonna totalement à un tumulte de sensations où se mêlaient ondes brûlantes et frissons glacés. Un désir fulgurant courait dans ses veines. Elle sentait le plaisir monter entre ses reins, lui arrachant des halètements de plus en plus saccadés, tandis que centimètre par centimètre elle progressait vers la jouissance ultime. Tout son corps se tordait d'anticipation, puis l'orgasme la gagna progressivement, commençant par des picotements à la pointe des doigts et des orteils.

Elle retint son souffle et… un ouragan de plaisir l'emporta.

Emily fut submergée par les vagues successives d'un plaisir que Javier continuait à attiser par ses caresses incessantes, par les encouragements ravis qu'il lui murmurait à l'oreille. À bout de forces, elle appuya son front contre le mur, heureuse que les bras de Javier la soutiennent, empêchant qu'elle ne s'effondre sur le sol.

Il se remit à promener une main sur sa cuisse et son postérieur, en un geste qui se voulait apaisant mais qui faisait renaître la chair de poule sur l'épiderme d'Emily et bondir son cœur dans sa poitrine.

— Javier…, souffla-t-elle.

— Chut… Tout va bien. Laisse-moi faire.

Elle comprit qu'il se laissait tomber à genoux et elle essaya de se tourner pour le voir. D'une petite tape sur la fesse, Javier lui intima de se tenir tranquille. Emily obtempéra, à la fois troublée et ravie.

— Qu'est-ce que… ? s'étrangla-t-elle, entre protestation et extase.

Javier lui avait fait écarter les jambes, et il insinuait une langue experte entre les plis de sa féminité.

— Non, Javier…, implora Emily. Je ne peux pas…

La trop faible récrimination mourut sur ses lèvres, tandis que Javier la soumettait au plus intime, au plus sensuel des baisers. Le feulement de plaisir qu'il émit résonna jusqu'au cœur de sa féminité, puis il lui murmura des paroles d'adoration éperdue peu compatibles avec ses actes impudiques.

Les seins d'Emily s'écrasaient contre la froideur de la pierre – contraste saisissant avec le brasier se consumant en elle –, et ce contact glacé apportait un soulagement bienvenu à ses mamelons douloureusement durcis.

Lui agrippant les hanches pour qu'elle recule vers lui, Javier la fit retomber brutalement contre sa bouche ouverte. Emily poussa une exclamation de surprise. Tandis que sa langue experte reprenait son œuvre grisante, il tendit le bras pour lui prendre un sein et agacer délicieusement son téton.

Elle empoigna cette main qui la soumettait à un ineffable calvaire, la plaquant contre la rondeur qu'il se plaisait à tourmenter. Puis, Emily se mit à supplier que Javier se décide enfin à la pénétrer, car elle n'en pouvait plus d'attendre de le recevoir en elle, de jouir par lui *et* avec lui. Dans la folie qui la dévorait, elle n'aurait su dire si elle avait imploré à haute voix ou silencieusement. Elle comprit ce qu'il en était lorsque Javier interrompit son œuvre pour se mettre debout.

— *Cariño…*, murmura-t-il.

— Javier, je t'en prie…

Impatiente, à bout de forces, Emily tendit les mains dans son dos et se saisit du bouton qui fermait la ceinture du pantalon de Javier. Un petit rire éperdu échappa à celui-ci, et il écarta la main maladroite d'une petite tape. Le son de la fermeture Éclair qu'il descendait résonna aux oreilles d'Emily comme une mélodieuse promesse.

Contre ses fesses, elle sentit la chaleur qui émanait de lui. Un frisson d'excitation se propagea de l'un à l'autre. Très doucement, Javier lui fit écarter les jambes, la positionnant comme il le souhaitait.

L'anticipation faisait battre le cœur d'Emily à tout rompre, au point qu'elle redoutait presque qu'il ne s'arrête. Puis Javier s'inclina pour lui susurrer ce qu'il éprouvait pour elle avec les termes les plus insolemment érotiques, tout en la pénétrant par-derrière avec une lenteur grisante.

L'euphorie qui la saisit fit trembler Emily si fort qu'elle dut appuyer son front contre le mur. Sans cesser de murmurer à son oreille des choses divinement sensuelles, Javier l'emplit totalement, s'enfonçant si profondément qu'il était impossible à Emily de savoir où se terminait son propre corps et où commençait celui de son mari.

Quelque part, nichée dans son âme, cette chose indéfinissable qui lui avait tant manqué trouvait enfin sa place.

Javier l'enveloppait de sa présence, la possédait complètement, et c'était un ineffable délice dont elle n'imaginait pas se lasser.

L'urgence primitive qui la submergeait – confinant à l'obsession – était quelque chose d'entièrement nouveau pour Emily. Tout à coup, elle avait l'impression d'être devenue une créature dissolue, dévorée par la faim inextinguible des caresses de cet homme, des paroles grisantes dont il l'abreuvait, du désir qu'il la fasse sienne.

Lentement, il se mit en mouvement entre les reins d'Emily, lui arrachant de petits soupirs de ravissement, tandis que le plaisir montait graduellement en elle, vers ce point fabuleux qui lui semblait à la fois inaccessible et redoutablement proche.

Alors qu'elle ne s'y attendait pas, les longs doigts habiles vinrent fouiller entre ses jambes, déclenchant en elle une salve de spasmes délicieux. Secouée par d'irrépressibles frissons, Emily sentit Javier accélérer ses assauts, de plus en plus fort, la précipitant vers un nouvel orgasme.

Elle avait beau ne pas s'y sentir prête, tant elle était fourbue, cela ne l'empêchait pas de le désirer aussi intensément que si c'était indispensable à sa survie.

Un concert érotique de soupirs pantelants, de plaintes rauques, de sanglots, de prières et d'imprécations, les entourait, accompagné du bruit mat des corps transpirants qui se heurtaient l'un à l'autre. Cette confusion tumultueuse atteignit son paroxysme quand tous deux rugirent de conserve, au moment où ils trouvaient ensemble l'assouvissement. Dans un même sursaut, ils explosèrent en une myriade d'étincelles, propulsés au firmament du plaisir. Mais, lorsqu'ils retombèrent sur Terre, ni l'un ni l'autre n'était plus le même qu'avant de connaître pareille apothéose.

Javier n'osait même pas ouvrir les yeux. Tout ce qu'il venait de vivre n'était peut-être qu'un fantasme, résultat de la commotion cérébrale subie lors de l'accident …

Rassemblant son courage, il finit par se décider à entrouvrir les paupières. Jamais il n'avait été aussi heureux de découvrir l'immonde perroquet, preuve bienvenue qu'il était dans la réalité.

Il sentit Emily se lover contre lui, lançant un bras en travers de son torse. Javier aurait pu jurer que son cœur venait d'effectuer un saut périlleux dans sa poitrine.

— Chut…, fit-elle.

— Je n'ai rien dit !

— Peut-être, mais tu penses trop fort.

Javier secoua la tête, un sourire radieux aux lèvres. Il abaissa le regard vers Emily qui serra les paupières.

— Je dors, protesta-t-elle. Fiche-moi la paix !

Javier en était bien incapable. Il laissa ses mains errer sur le corps nu de sa femme, comme s'il voulait en imprimer chaque parcelle sur ses paumes, son esprit, son âme.

— Oh ! Seigneur, tu es insatiable ! s'écria Emily, feignant l'indignation. Plus de sexe !

Partant d'un grand rire qui lui fit mal aux côtes, Javier ne put résister à l'envie de nicher sa bouche au creux de l'épaule délicieusement chaude pour y déposer une pluie de baisers.

— Je suis sérieuse, Javi, insista Emily d'une voix grondeuse.

Néanmoins, elle tendit le cou pour mieux s'offrir à ses lèvres, avant d'ajouter :

— Si je ne mange pas quelque chose sans tarder, je risque de tourner de l'œil.

— Pas de souci, *esposa* ! Tu vas pouvoir te rassasier.

Se levant du sofa sur lequel il avait réussi à les faire s'effondrer, Javier s'assura qu'Emily soit suffisamment couverte par le plaid qu'il avait tiré sur elle. Il se passa la main dans les cheveux et détourna le regard du mur contre lequel il l'avait prise avec une telle passion.

Cristo ! Leurs ébats amoureux avaient toujours été extraordinaires, mais jamais à la hauteur de ce qu'ils venaient de connaître.

Après avoir enfilé son pantalon, il gagna la cuisine où il disposa sur un plateau un assortiment de victuailles, puis il prit deux flûtes, se souvenant qu'une bouteille de champagne était restée dans un seau à glace sous la table du patio.

Tout en préparant ces agapes, il lui vint à l'esprit qu'il devait songer à reprendre ses activités professionnelles un jour ou l'autre. Curieusement, ce qui avait été la motivation essentielle de sa vie semblait s'être évaporé. Il n'avait pas eu la moindre pensée pour son travail depuis qu'il avait retrouvé Frigiliana. Rêveur, Javier se demanda s'il pouvait encore se permettre de prendre deux semaines loin de son bureau pour mettre à exécution le projet qui s'était formé dans sa tête tandis qu'il reprenait lentement ses esprits, après l'amour.

Le crépuscule était tombé, et la lune montait dans un ciel bleu-gris, lorsqu'il retrouva Emily accoudée à la rambarde de la terrasse. Les mèches encore humides encadrant le ravissant visage montraient qu'elle s'était douchée.

Elle lui avait emprunté une chemise bien trop grande pour elle, dissimulant toutes ces choses qui donnaient envie à Javier de la ramener là où ils se trouvaient un moment plus tôt. Cette seule pensée suffisait à faire renaître son érection avec une force presque étonnante.

Emily et lui avaient toujours éprouvé cette forme d'insatiabilité, mais cela n'avait jamais été aussi… charnel.

Aussi… primitif. Sauvage.

Cela l'avait même surpris. Un moment, il avait craint de choquer Emily, de lui faire peur. Mais, au lieu de cela, elle avait accueilli ses caresses avec impatience, y avait répondu, au-delà de ses espérances. Comme si elle avait lu dans ses pensées, Emily lui lança un regard lourd de sous-entendus entre ses paupières mi-closes. Il haussa les épaules en souriant.

— Tu vois dans quel état tu me mets, *cariño*, fit-il.

Javier leur servit à chacun une flûte de champagne et tendit la sienne à Emily en se plaçant derrière elle – tout près, comme pour rappeler innocemment ce qui s'était passé précédemment.

— Maintenant, c'est toi qui penses trop fort, dit-il sur un ton de tendre reproche. Tu m'expliques ?

Se tournant vers Javier, Emily plongea son regard dans la profondeur des yeux sombres.

— Je pensais que j'ai terriblement envie que ça dure entre nous, répondit-elle.

Toute intention de divorce l'avait définitivement abandonnée. Cette idée lui retournait même l'estomac.

Elle n'avait pas oublié la façon dont elle avait envié Mariana et son joli ventre rond, resplendissante d'amour pour Santi et d'impatience à la pensée de ce que leur réservait l'avenir. Emily ne désirait rien d'autre.

De cette façon, elle aurait la certitude que Javier ne se détournerait jamais d'elle. Qu'il ne l'abandonnerait pas pour quelqu'un d'autre comme elle avait vu sa mère le faire avec elle.

— Il ne tient qu'à nous de faire que ça dure, observa Javier. Partons tous les deux.

— Partir ? Où ça ?

Javier entraîna Emily jusqu'à la table, prit une chaise et la fit asseoir sur ses genoux.

— Quelque part où personne ne viendra nous déranger, répondit-il. Où je pourrais te faire tout ce que j'ai promis…

Il s'interrompit pour caresser de ces lèvres cet endroit dans le cou d'Emily dont il semblait ne jamais être rassasié. Elle fut parcourue d'un frisson et sentit son sexe palpiter à nouveau en toute impudeur. Le désir embruma son esprit.

— Où veux-tu que nous allions ? demanda-t-elle sans grande conviction. Et pour combien de temps ?

Emily savait que le travail s'accumulait en son absence. Et puis, surtout, elle ne voulait pas retomber dans les écueils du passé. Il n'était pas question qu'ils foncent tête baissée dans des projets dont ils n'auraient pas longuement discuté au préalable, en prenant les décisions *ensemble*.

— Je veux t'emmener à Istanbul, déclara Javier.

Le cœur d'Emily fit un bond dans sa poitrine. Ainsi Javier n'avait pas oublié ! Même après tout ce temps, il se souvenait.

— C'était là que nous avions prévu de passer notre lune de miel, fit-elle d'une voix mélancolique.

Javier prit son visage en coupe entre ses mains, posant sur elle un regard grave.

— Je sais, dit-il. Et je regrette amèrement que nous ayons renoncé. C'est à ce moment-là que j'ai investi dans le film de Santi et que je me suis jeté dans le travail. Alors, je veux que nous réalisions ce projet aujourd'hui. Nous séjournerons dans les plus beaux hôtels, nous voyagerons comme des princes !

— Je n'ai pas besoin de tout cela, objecta Emily. Tout ce que je veux, c'est *toi*. Mais j'adorerais aller à Istanbul, seulement… il y a Diabla. Qu'allons-nous faire d'elle ?

— Elle vient avec nous, bien sûr !

Emily éclata de rire. Ce diable d'homme était bien capable d'emmener en voyage une chatte qui faisait peur à tout le monde.

11.

Les quelques jours suivants furent un tourbillon presque aussi étourdissant que l'explosion de passion qui les avait jetés dans les bras l'un de l'autre. Emily se sentait à nouveau jeune, insouciante et merveilleusement heureuse.

Javier lui avait fait voir sur sa tablette les lieux d'exception où ils séjourneraient au cours de ce qui prenait de plus en plus l'apparence d'un voyage de noces.

Une nouvelle fois, il lui montra la gigantesque villa de style ottoman qu'il avait louée sur l'île des Princes au sud-est d'Istanbul, dans la mer de Marmara. C'était un véritable palais, doté d'un impressionnant personnel, et surplombant une plage privée baignée par des eaux turquoise. Emily n'avait jamais contemplé rien de tel.

— Javi, souffla-t-elle, à combien se monte réellement ta fortune ?

— À bien plus que ce que je ne pourrai dépenser au cours de plusieurs vies successives.

— Et tu peux te permettre de laisser tes milliards travailler seuls pendant que tu prends du bon temps ?

Javier éclata de rire.

— Mes collaborateurs sont très efficaces, et dignes de confiance, répondit-il.

— Je vois…, murmura pensivement Emily, se remémorant le coup de fil qu'elle avait passé à son équipe le matin même.

Tandis que Javier se rendait à une ultime visite de contrôle chez le médecin, elle demeura assise dans le patio, caressant

Diabla qui avait bondi sur ses genoux. À vrai dire, elle avait bien besoin du réconfort que lui apportait l'affection du petit animal.

L'entretien qu'avait eu Emily avec son assistante personnelle ne s'était pas déroulé comme elle l'aurait souhaité. Le client de San Antonio exigeait que ce soit *elle* qui assure la direction du chantier et que les travaux ne débutent pas plus tard que la semaine suivante. C'était un gros contrat, mais accepter impliquait de sacrifier son voyage avec Javier. Emily ne pouvait s'y résoudre.

Le plus important n'était-il pas de faire passer avant tout autre chose l'avenir de son couple ? Aussi s'était-elle efforcée de convaincre sa collaboratrice qu'ils ne perdraient pas grand-chose à laisser tomber ce client trop exigeant pour se concentrer sur leurs engagements déjà en cours. Elle n'avait pu manquer de percevoir la déception de la jeune femme.

Ce fut avec soulagement qu'Emily vit revenir un Javier enthousiaste, annonçant qu'il était enfin proclamé guéri par le corps médical. Il l'attira dans ses bras pour un baiser qui ne tarda pas à se muer en un débordement de fougueuse passion.

— J'adorerais que nous poussions les choses à leur inévitable et alléchante conclusion, déclara-t-il en y mettant un terme, mais nous n'en avons pas le temps. Il faut nous préparer.

— Nous préparer pour quoi ? s'étonna Emily.

— Pour Istanbul, bien sûr ! Nous partons ce soir.

Javier avait conscience de précipiter les choses, mais il ne parvenait pas à échapper à une sourde inquiétude. Il avait le sentiment qu'un péril imminent les menaçait. Quelque chose qui risquait de modifier leurs vies de manière irrévocable. Par nature, il n'était pas du genre superstitieux. Pourtant, il était persuadé qu'ils feraient mieux de partir pour Istanbul sans plus attendre. Et pourquoi, diable, Emily mettait-elle autant de temps à faire ses bagages ?

Dans la chambre, il la trouva plantée devant une pile de vêtements avec une moue dubitative.

— Qu'y a-t-il, *mi reina* ? s'enquit-il.

— Franchement, Javi, répondit Emily, ce que j'avais apporté d'Angleterre ne convient pas du tout aux lieux où nous allons. J'aurais préféré faire un peu de shopping.

Javier grimaça en imaginant Emily nue sur les draps de soie de l'immense lit de la villa ottomane, le teint doré par le chaud soleil de la Turquie.

— Ma chérie, fit-il avec un petit sourire, je n'ai pas l'intention que tu sois particulièrement vêtue pendant notre voyage. Mais si tu y tiens vraiment, je t'achèterai tout ce que tu veux à Istanbul.

— Je peux tout à fait payer mes vêtements ! rétorqua Emily plus sèchement que ce à quoi Javier s'était attendu.

— Que se passe-t-il, *mi amor* ? demanda-t-il en écartant le rideau doré qu'elle laissait tomber devant son visage.

— C'est juste que… j'ai l'impression que nous sommes en train de nous précipiter, Javi. Est-ce que nous ne pourrions pas nous accorder quelques jours supplémentaires de préparation ? Pour que je puisse…, je ne sais pas…, me procurer ce dont j'ai besoin…

Javier prit Emily par les épaules et la dévisagea quelques secondes en silence, avant de déclarer :

—Tu as raison. Si tu as besoin d'un peu de temps, nous le prendrons. Je vais dire au chauffeur que nous n'utiliserons pas la voiture ce soir.

En dépit du sentiment d'urgence qui le taraudait, Javier ne voulait surtout pas que son adorable épouse se sente mal.

Comme si le voir modérer son impatience suffisait à désamorcer son irritation, Emily laissa échapper un bref soupir qui fit voleter une mèche de ses cheveux. Le retenant par le poignet, elle l'empêcha de pianoter sur l'écran de son portable pour annuler la voiture.

— Je suis ridicule, dit-elle. C'est toi qui as raison. Partons immédiatement. Après tout, nous avons attendu cette lune de miel bien trop longtemps !

Dans les magnifiques yeux bleus, l'excitation avait remplacé le tourment de l'instant précédent. D'une main, Emily prit Javier par le cou pour l'embrasser, tandis que de l'autre elle jetait des vêtements dans sa valise à l'aveuglette. Leurs rires se perdirent vite dans des gémissements de plaisir, et ils firent attendre la voiture plus longtemps que prévu.

Un peu plus tard, Javier emboîta le pas à Emily pour gravir les quelques marches de son jet privé, se délectant de la vision qu'offrait sa jupe en soie plaquée contre son postérieur par le vent soufflant sur le Tarmac du petit aéroport.

— Arrête de me lorgner, lança-t-elle par-dessus son épaule.

— N'y compte pas ! répliqua Javier en éclatant de rire.

Le sourire radieux qui retroussa les lèvres d'Emily, encore gonflées de leurs baisers, l'envahit d'une joie profonde.

Ils s'installèrent dans la cabine pendant que l'équipage montait leurs bagages à bord, traitant avec le plus grand soin la cage dans laquelle était enfermée Diabla. Javier venait juste d'empoigner son portable pour l'éteindre, lorsque la sonnerie résonna. La seule raison qui lui interdit d'ignorer l'appel, fut le nom affiché sur l'écran. Fronçant les sourcils, il lança :

— Gabi ? Qu'est-ce qui se passe ?

— Oh ! Javi ! C'est mamá…, elle… elle perd la tête.

— Comment ça ?

S'ensuivit un déluge de sanglots qui rendaient incompréhensibles les tentatives d'explication de sa demi-sœur. Javier demeura interdit, le téléphone en main.

— Que se passe-t-il ? interrogea Emily, la mine inquiète.

— Je ne sais pas. Apparemment, il y a un problème avec Renata…

Reportant son attention sur le téléphone, Javier interrogea :

— Gabi ? Tu m'entends ? Respire !

À l'autre extrémité de la ligne, la jeune femme ne se calmait pas. Javier lâcha un juron étouffé. Levant les yeux vers Emily, il lui jeta un regard désolé. Elle hocha la tête pour montrer qu'elle comprenait. Alors, au comble de la frustration, Javier se leva de son fauteuil pour avertir le pilote qu'ils changeaient de destination.

Emily était tout aussi impatiente que son mari de gagner Madrid. Inconsolable, Gabi n'avait pas réussi à s'expliquer. Toutes les tentatives de Javier pour appeler sa mère étaient demeurées vaines, ce qui l'avait mis dans une fureur muette des plus impressionnantes.

À l'aéroport, ils étaient attendus par un homme en uniforme dont la haute stature et la mâchoire de granit frappèrent Emily.

— Esteban ! s'exclama Javier. Vous allez bien ?

— Oui, monsieur. Et vous-même ?

— Je vous le dirai quand j'aurai vu ma mère.

Le hochement de tête entendu du chauffeur étonna quelque peu Emily. Quand ils furent installés à l'arrière de l'élégante limousine, elle prit la main de son époux. Il faillit la retirer, puis noua ses doigts aux siens. Ce contact la rassura. En pareil instant, ce geste témoignait qu'il avait besoin d'elle.

— Nous y sommes, fit-il d'une voix sourde lorsque la voiture pénétra dans le parc d'une énorme villa de style toscan.

Emily n'y avait jamais été invitée. Les rares fois où elle avait croisé sa belle-mère, c'était en terrain « neutre ». Elle en avait conclu – probablement à juste raison – qu'elle n'y était pas la bienvenue.

Ce fut Gabi qui ouvrit la porte sur laquelle Javier tambourinait. La jeune femme affichait une mine épouvantable. Ses yeux rouges et gonflés montraient qu'elle avait dû pleurer pendant des heures.

— Où est-elle ? tonna Javier.

Sans se soucier des efforts de sa sœur pour le retenir, il

traversa le hall à grandes enjambées, laissant Emily recueillir entre ses bras une Gabi à nouveau en larmes.

— Oh ! ma chérie, souffla Emily, que s'est-il passé ?

Incapable de parler, Gabi se contenta de secouer la tête en sanglotant.

À l'instant où des éclats de voix résonnèrent à l'autre bout du hall, elle s'arracha à l'étreinte d'Emily et courut vers une porte ouverte. Emily n'eut d'autre choix que de la suivre.

Dans le salon, Renata, Javier et un inconnu se faisaient face. Levant la tête, Renata foudroya les deux arrivantes d'un regard haineux.

— Fais-la sortir, cracha-t-elle. Je ne veux plus la voir. Ce n'est rien d'autre qu'une traînée !

Un instant, Emily crut que c'était elle qui était concernée par ces propos haineux, mais elle comprit que la colère de Renata était dirigée contre sa fille, car Gabi avait tourné les talons et s'enfuyait. Après un coup d'œil à Javier qui hocha la tête en signe d'assentiment, Emily emboîta le pas à sa belle-sœur. La rejoignant dans l'entrée, elle l'entraîna jusque dans la voiture.

— Ta mère dit n'importe quoi ! assura-t-elle, s'efforçant de la réconforter.

— Non, elle a raison, rétorqua Gabi dans un souffle. C'est moi qui me suis mise dans une situation impossible !

Puis, elle s'abandonna à des torrents de larmes.

Javier était secoué d'une rage inextinguible.

— Alors, c'est comme ça que vous menez vos affaires, Casas ? tempêta l'inconnu. C'est inacceptable !

— Qui êtes-vous ? lança Javier.

L'homme, aussi grand qu'il l'était lui-même, le toisa d'un air surpris, puis désigna Renata d'un geste du menton.

— Elle ne vous a rien dit ? Cette folle essayait de me vendre des parts dans vos entreprises. Je vais mettre mes avocats sur l'affaire, et ils ne laisseront rien passer.

— Vous voulez dire dans les Textiles Casas ?

— Non, les *vôtres*, d'entreprises ! Je possède déjà la moitié des affaires de votre mère !

Manifestement rassuré de constater l'incompréhension qui se peignait sur les traits de Javier, l'individu se calma et lui fourra sa carte dans la main avec un air de dégoût.

— Je reprendrai contact, dit-il. Il semble que vous ayez des choses à vous dire, votre mère et vous.

Il quitta la pièce d'un pas décidé, et Javier jeta un coup d'œil à la carte avant de se tourner vers Renata. Elle levait vers lui un menton belliqueux. L'homme n'avait pas eu tort en la traitant de folle, songea Javier.

— Qu'est-ce que tu as fabriqué ? Je te préviens que, si cet homme porte plainte contre toi, je ne te défendrai pas ! Et comment peux-tu parler à ta fille comme tu l'as fait ?

— Tu ne sais pas ce qu'elle a…

— Je ne veux pas le savoir ! Tais-toi !

— Comment oses-tu… ? Je suis ta mère !

— Seulement quand tu as besoin de mon argent, oui ! Quant à Gabi, tu ne la reverras plus. Et si tu essaies d'entrer en contact avec elle ou moi, j'appellerai la police.

Renata laissa échapper un rire faux, trop aigu.

— Ne sois pas aussi théâtral, Javi ! glapit-elle.

— Je suis sérieux. Et, dans ton intérêt, tu ferais mieux d'aller consulter un psychiatre, Renata.

Sur ce, Javier tourna les talons et retraversa ce qui n'avait jamais été la maison du bonheur. Il ne marqua une pause que pour attraper le sac à main de sa sœur, puis rejoignit la voiture où celle-ci était encore blottie contre Emily. Javier n'eut même pas à ordonner à Esteban de regagner l'aéroport.

Dans le silence de la limousine, les larmes de Gabi lui déchiraient le cœur. Il se reprochait amèrement d'avoir laissé la bride sur le cou à Renata, aussi bien en affaires que dans ses relations avec Gabi.

Dans l'avion du retour vers Frigiliana, Emily et lui

n'échangèrent que quelques mots à voix basse pour ne pas réveiller Gabi qui avait fini par s'endormir. Profitant de ce temps de réflexion, Javier échafauda des plans d'avenir.

Lorsqu'ils eurent installé la jeune femme dans la chambre d'amis de la villa, Emily et Javier se retrouvèrent dans le patio. Au passage, Javier avait pris deux verres et une bouteille de ce vin blanc de Rioja qu'Emily aimait tant.

— Je suis tellement désolé, *mi reina*, dit-il en lui tendant un verre. Ce voyage à Istanbul représentait tant de choses pour toi. Pour *nous* !

Assise en face de lui, Emily le gratifia d'un sourire bienveillant.

— Ce n'est pas grave, dit-elle. Gabi avait besoin de toi.

Rassuré qu'elle se montre aussi indulgente, Javier s'adossa à son siège en exhalant un long soupir. Le moment était venu d'exposer son plan à Emily. Il s'inclina vers l'avant pour lui prendre la main.

— Je suis si heureux que tu me comprennes, fit-il. J'ai fait beaucoup d'erreurs avec toi, mais je t'aime, Emily. *Cristo*, je t'aime tant ! Tout sera plus facile quand nous vivrons à Madrid. Gabi pourra s'appuyer sur toi. Tu comptes beaucoup pour elle. T'avoir à mes côtés, ici, en Espagne, c'est exactement ce dont j'ai besoin en ce moment…

Il s'interrompit quand Emily arracha brutalement sa main d'entre les siennes. Elle le fixait d'un air hagard.

— De quoi parles-tu ? demanda-t-elle.

— De notre installation à Madrid, bien sûr. Où pensais-tu que nous allions habiter ?

— Nous aurions peut-être pu prévoir cela ensemble, non ?

Emily avait lâché ça avec un petit rire étouffé, mais son regard disait clairement qu'elle n'était pas le moins du monde amusée par la situation.

— Qu'y a-t-il à prévoir ? se hasarda à questionner Javier. Ce ne sera pas très compliqué à organiser.

— Tu as l'air d'oublier que je suis ta femme, et non un chat que tu peux transporter à ta guise dans un panier.

— Mais enfin, Emily, qu'est-ce que tu racontes ?

D'un bond, Emily se mit debout. Elle se frotta les yeux comme pour effacer quelque image désagréable.

— Tu n'as pas changé ! lança-t-elle d'un ton accusateur. Comment ai-je pu croire que ça allait marcher entre nous ? Ça ne marchera jamais !

12.

Javier regardait Emily comme si elle avait perdu la tête. Peut-être était-ce le cas, à vrai dire, songea-t-elle. Car il fallait qu'elle soit vraiment... timbrée... pour avoir oublié comment cet homme fonctionnait.

Seigneur ! Dire qu'elle avait renoncé à un contrat juteux pour ça ! Pour un homme qui ne se rendait même pas compte qu'il exigeait que tout tourne toujours autour de lui.

— Que veux-tu dire ? demanda-t-il, soudain figé.

Emily serra ses mains pour les empêcher de trembler.

— Ce que je veux dire..., c'est que rien n'a changé entre nous, répondit-elle d'une voix hachée. On en revient toujours à toi et à tes désirs. Est-ce que tu as pensé une seule seconde à mon agence, à ma vie à Londres ? Qu'est-ce que je suis censée faire ? Transporter mon équipe à Madrid, ou tout abandonner pour m'occuper de ta famille ? Est-ce que tu te rends compte que tes projets d'avenir tournent exclusivement autour de toi et des tiens ?

Se levant brusquement, Javier se planta devant elle avec un air de défi.

— Mais tu es ma femme, Emily ! lança-t-il. Ma famille est *la tienne.*

Cette affirmation frappa Emily au plexus comme une accusation. Elle sentit monter en elle un tumulte d'émotions où se mêlaient peur, culpabilité, colère, chagrin... Encore une fois, elle avait perdu de vue ses propres objectifs. Elle avait recommencé à ne plus être qu'un satellite de son mari.

Tout ça, parce qu'elle l'aimait plus que tout. Elle l'aimait tant qu'elle était tentée d'accepter les projets qu'il formait pour tous les deux, sans se soucier de savoir si cela lui convenait. Pour un peu, Emily aurait renoncé à tout ce qu'elle avait construit.

Mais la peur l'emporta sur tout le reste, mettant dans sa bouche des paroles d'une dureté dont elle ne se serait pas crue capable.

— Est-ce que tu serais prêt à déménager en Angleterre pour me suivre ? siffla-t-elle. Pourrais-tu envisager de diriger ton empire depuis Londres ? D'y faire venir Gabi ?

Un bref instant, Javier s'efforça de soutenir son regard, puis il détourna les yeux. C'était la réponse qu'Emily redoutait : elle ne comptait pas suffisamment dans sa vie pour qu'il fasse de tels sacrifices. Elle avait perdu !

Il secoua la tête d'un air de dépit.

— Tu n'attendais que ça, n'est-ce pas ? lâcha-t-il. Une excuse pour m'abandonner une nouvelle fois. Tu fais la même chose qu'il y a six ans. Au lieu d'avoir le courage de t'expliquer avec moi, tu me tournes le dos à la première occasion. Moi qui te croyais loyale !

Emily eut un rire amer.

— C'est *toi* qui me parles de loyauté ? lança-t-elle. D'avoir le courage de s'expliquer ? Est-ce que tu m'as seulement demandé comment j'envisageais mon avenir ? Quels étaient *mes* projets ? Tu ne l'as pas fait parce que tu es exactement…

Horrifiée à l'idée de ce qu'elle avait failli ajouter, Emily porta la main à sa bouche.

— Vas-y ! rétorqua Javier. Dis ce que tu as sur le cœur !

— Non, je ne voulais pas…

— Tu allais dire que je suis exactement comme ma mère, n'est-ce pas ? Je ne te retiens pas ! Va-t'en !

Le regard vide, son beau visage crispé, Javier désignait la porte de la main. Emily vint à lui, le prit par les épaules pour l'obliger à la regarder. Il demeura de marbre.

— Je suis désolée, Javi, gémit-elle. Je ne voulais pas dire ça. Tu n'as rien de commun avec ta mère.

Le regard perdu au-dessus d'elle, Javier était mutique. Emily comprit que la partie était perdue. Elle l'avait irrémédiablement blessé, à un moment où Javier n'avait pas encore surmonté l'affrontement avec Renata.

Les yeux pleins de larmes, Emily se retint de sangloter. Sur elle, sur Javier, sur ce qu'aurait pu être leur vie si elle n'avait pas autant redouté de devenir comme sa propre mère : une femme capable de renoncer à tout ce qui faisait son identité, pour n'être plus que l'ombre d'un homme.

Elle avait atteint la porte d'entrée, lorsqu'elle entendit des pas derrière elle. Javier allait-il la rappeler ? Lui dire qu'ils étaient ridicules, tous les deux ? Au lieu de cela, Emily l'entendit déclarer d'une voix glaciale :

— Esteban va te conduire à l'aéroport.

Puis il claqua la porte dans son dos.

Assis sur les marches du patio, Javier avait la tête qui tournait. Le cœur lourd, il sentit Diabla se frotter contre ses jambes. Elle vint nicher son museau dans sa main en miaulant. Regrettait-elle, elle aussi, ce qu'ils avaient perdu ?

Que s'était-il passé ?

Comment Emily et lui en étaient-ils venus à se lancer à la figure des accusations qu'ils n'auraient jamais dû même penser ?

Javier ne pouvait s'empêcher d'en vouloir à sa femme pour son attaque perfide. Il ne ressemblait nullement à sa mère…

Pourtant, même lui se devait d'admettre que sa volonté farouche d'être différent de Renata l'avait poussé à devenir quelqu'un d'inflexible, quelqu'un qui ne déviait jamais de ses propres projets.

C'était une question de survie quand on avait grandi dans l'ombre d'une mère exigeant que tout gravite autour d'elle, que l'on soit en orbite autour de sa sacro-sainte personne.

Mais des mots tels que « graviter » et « orbite » n'étaient-ils pas ceux employés par Emily pour décrire le couple formé par sa mère et son beau-père ?

Comment avait-il pu ignorer que telle était la plus grande crainte de son épouse ? Celle de vivre dans l'ombre de quelqu'un, de n'être plus qu'un « satellite » de cette personne – un autre terme prononcé par Emily – en renonçant à sa propre personnalité…

Cette terreur, Javier l'avait vécue lui-même. Il en avait fait l'amère expérience. Alors, comment avait-il pu donner à celle qu'il aimait par-dessus tout le sentiment que leur relation lui faisait courir pareil danger ? En prendre conscience le mettait au bord de la nausée…

Se prenant la tête à deux mains, il s'abîma dans les regrets d'avoir manqué à tous ses devoirs : c'était lui qui devait être prêt à tous les sacrifices pour Emily, et non l'inverse.

Javier demeura prostré jusqu'à ce que le soleil pointe au-dessus du canyon.

— Javi ?

Un instant, il eut l'illusion qu'Emily était de retour, et son cœur fit un bond dans sa poitrine. Ce n'était que Gabi.

— Ça va ? s'enquit-il. Pourquoi te lèves-tu si tôt ?

— J'ai entendu gratter à ma porte, expliqua sa sœur, les yeux encore gonflés par ses pleurs de la veille.

Levant un bras protecteur, Javier lui fit signe de venir s'asseoir, et Gabi se cala tout contre lui. Elle sursauta lorsque Diabla se frotta à son mollet.

— Qu'est-ce que c'est que *ça* ? piailla-t-elle.

— *Elle* s'appelle Diabla, annonça Javier. C'est…

— Mais elle n'a pas de poils !

— C'est naturel chez les chats de la race sphinx. Elle est très affectueuse. Sa maîtresse doit lui manquer.

— Pourquoi ? Emily n'est pas là ?

Esquissant une moue désolée, Javier expliqua ce qu'il s'était passé. C'était la première fois qu'il s'ouvrait à sa jeune sœur de sujets aussi personnels. Quand bien même se confier ne suffisait pas à réparer son cœur brisé, il se rendit compte que parler aidait à apaiser sa peine.

— Est-ce que tu penses aller la rechercher ? finit par demander Gabi.

— Non. Emily a besoin de décider par elle-même si elle souhaite revenir vers moi. Pour ma part, j'ai également besoin d'être sûr de son choix.

Un instant, Javier marqua une pause, laissant son regard errer sur le canyon, puis il reprit :

— Pendant toutes les années où elle était repartie en Angleterre, je n'ai pas cessé de me répéter qu'elle m'appartenait, qu'elle me reviendrait. Parce que c'était *ma* volonté. Aujourd'hui, j'ai besoin de savoir que c'est aussi ce qu'Emily désire.

Deux mois plus tard.

Tout en poursuivant une conversation au téléphone avec son assistante, Emily suivait le chemin de son enfance, sur les trottoirs constellés de vieux chewing-gum de la banlieue londonienne où elle avait grandi. Elle mit un terme à l'entretien au moment où elle se retrouva devant la maison de son beau-père. Cela faisait trop longtemps qu'elle remettait cette visite. Encore une fois, elle songea que celle qui lui ouvrait la porte – dans son cardigan beige et sa jupe plissée – n'avait pas grand-chose à voir avec la femme pleine de vie et de gaieté qui l'avait élevée. Mais, désormais, sa mère avait passé bien plus de temps avec Steven qu'avec elle…

Dans la salle à manger, deux des trois assiettes posées sur la table étaient déjà servies et bien entamées.

— Je ne suis pas en retard pourtant, dit Emily en consultant sa montre.

— Non, c'est moi qui suis désolée, ma chérie, expliqua sa

mère. Nous avons commencé sans toi parce que Steven doit partir de bonne heure.

Emily se mordit la lèvre. Elle avait beau être adulte, à la tête d'une entreprise florissante – femme mariée, même –, constater que ses « parents » ne l'avaient pas attendue pour débuter un repas auquel elle était invitée la blessait bien plus que de raison.

Après quelques échanges de banalités – auxquels Steven se dispensa de participer –, Emily lança sa mère sur la question de leurs projets de vacances. Elle savait que ce sujet l'occuperait un bon moment, et elle mit ce temps à profit pour observer son beau-père comme elle ne l'avait pas fait depuis longtemps.

Steven avait toujours eu cette manie de regarder droit devant lui, sans jamais lui accorder la moindre attention – Emily se souvenait d'avoir entendu sa mère dire qu'il détestait le contact visuel. Aujourd'hui, elle se rendait compte qu'il agissait de même avec sa propre épouse.

C'était quelque chose que Javier ne faisait jamais ! Même à l'époque où il s'absentait pendant des jours et des jours, elle ne s'était jamais sentie aussi invisible en sa présence qu'avec sa mère et surtout Steven.

Ce dernier, d'ailleurs, affichait une indifférence totale à ce que racontait sa femme.

Horrifiée, Emily se demanda comment elle avait pu penser, ne serait-ce qu'une seconde, que le comportement de Javier à son égard était du même ordre.

Fallait-il qu'elle ait été obsédée par la peur de se perdre dans leur relation pour ne pas se rendre compte que son mari n'avait rien de commun avec son beau-père ! On pouvait reprocher à Javier son entêtement, voire une forme de narcissisme, cependant il n'était jamais égoïste. Il était au contraire l'homme le plus généreux qui puisse exister – non seulement avec son argent, mais aussi dans ses amitiés, dans l'attention qu'il accordait aux autres, ainsi que dans sa façon de vivre ses passions… Qu'il soit devenu ce genre d'homme après avoir été élevé par Renata tenait du miracle !

Tout à coup, Emily réalisait que sa vie ne serait jamais morne avec quelqu'un d'aussi brillant et passionné que Javier. Vivre avec lui serait probablement mouvementé – parfois orageux – mais jamais ennuyeux. À vrai dire, il n'avait jamais cherché à ce qu'elle vive dans son orbite. Bien au contraire, il l'avait aidée à grandir. À mûrir, jusqu'à devenir la femme qu'elle était aujourd'hui. Soudain, tout se mettait en place dans l'esprit d'Emily – comme lorsqu'elle travaillait sur un projet compliqué. Et, la dernière pièce du puzzle – celle qui permettait d'avoir la vision d'ensemble –, c'était l'amour. Un amour absolu, qui n'enlevait rien à ce qu'elle était, mais au contraire ne faisait que l'enrichir.

— Et toi, ma chérie, tu as des projets de vacances ? s'enquit sa mère, arrachant Emily à ses réflexions.

Elle hocha la tête, posant ses couverts dans son assiette.

— Oui, dit-elle. Je retourne en Espagne.

Javier fut tiré du sommeil par Diabla qui s'efforçait désespérément de lui indiquer qu'elle attendait sa pitance. La chatte bondit lorsqu'il repoussa les draps, se dirigeant d'un pas impérieux vers l'escalier.

— Il va te falloir patienter un peu, ma belle, déclara Javier en gagnant la salle de bains.

Dans le miroir, il constata que les derniers stigmates de son accident avaient enfin disparu. Il avait retrouvé sa physionomie habituelle. Quant aux cernes sombres qui soulignaient son regard, il ne les devait pas à l'accident mais à la souffrance qui lui broyait le cœur.

Heureusement, s'occuper de Gabi et réparer les dégâts commis par leur mère avaient en partie distrait son esprit de l'absence d'Emily.

Lorsqu'il avait insisté pour que sa sœur consulte quelqu'un

qui lui apporterait le soutien émotionnel dont elle avait besoin, cette dernière lui avait mis un marché en main : elle n'accepterait que si lui-même faisait cette démarche. C'était ensemble qu'ils s'étaient rendus une fois par semaine chez une jeune thérapeute pour parler de leur mère et de leurs enfances compliquées.

Cela n'avait guère été facile pour Javier, car analyser ses sentiments lui demandait un effort. Néanmoins, le travail qu'il accomplissait dans ce cabinet s'était révélé fort utile. Cela l'avait aidé à comprendre bien des choses, en plus de réorganiser sa vie professionnelle en s'appuyant davantage sur ses collaborateurs. À tel point qu'il avait choisi de s'octroyer un congé sabbatique de six mois.

Il sortait de la douche lorsqu'il entendit du bruit au rez-de-chaussée. Probablement Diabla qui avait encore fait quelque bêtise, songea-t-il. Nouant une serviette autour de ses reins, il prit la direction de la chambre, mais le bruit se répéta. L'inquiétude fit dresser les petits cheveux sur sa nuque, et Javier s'avança prudemment jusqu'en haut de l'escalier.

Attrapant un long vase étroit, qu'il n'avait jamais apprécié, Javier s'engagea dans l'escalier à pas de loup. Il y avait manifestement quelqu'un dans la maison. Le bruit provenait du salon.

Passant la tête à l'angle de l'entrée de la pièce, il constata que quelqu'un s'était déjà attaqué aux deux toiles de couleur fuchsia. Un tableau était posé au sol, l'autre avait disparu. Ce fut à cet instant que Javier entendit bouger derrière lui. Levant le vase au-dessus de sa tête, il se tourna, prêt à frapper.

Cristo !

Un cri de terreur lui transperça les tympans, et il vit Emily se jeter à terre pour éviter le coup.

— Que, diable, fiches-tu là ? rugit-il. J'ai failli te tuer.

Le cœur de Javier battait tellement fort qu'il se demanda s'il ne risquait pas la crise cardiaque. Tremblant de tous ses membres, il posa le vase par terre. L'idée qu'il aurait pu blesser Emily le mettait au bord du malaise.

Non, non, non ! Ce n'était pas comme ça que les choses devaient se passer !

Emily se releva sur ses jambes flageolantes.

— Je suis navrée…, bredouilla-t-elle. Je voulais juste… réparer mes bêtises.

Bien décidée à remédier aux dommages qu'elle avait fait subir à la décoration de la villa, Emily était en train de s'occuper des deux tableaux – elle en avait déjà mis un dans la camionnette de location –, lorsque Javier avait surgi muni de son arme improvisée.

Il s'effondra sur l'affreuse banquette, et elle nota qu'il n'avait sur lui qu'une serviette nouée autour de la taille.

— Qu'est-ce que tu fais là ? demanda-t-elle. J'imaginais que tu avais regagné tes bureaux de Madrid.

Encore sous le choc, Emily se posa à côté de Javier. Ses jambes la soutenaient à peine.

— J'espère que tu me pardonneras, souffla-t-elle.

— Ça va, fit-il. Je sais que tu n'avais pas l'intention de me faire peur. Ni de me cambrioler.

Emily chercha le regard de Javier, mais il baissait les yeux.

— Ce n'est pas ce que je voulais dire, insista-t-elle. Je suis *vraiment* désolée ! Ce dont je veux parler… c'est de ce que j'ai fini par comprendre, loin de toi.

De nouveau, elle se tourna vers Javier. Mâchoires serrées, il semblait se retenir de respirer. Comme s'il attendait la suite.

— Je suis allée rendre visite à ma mère, reprit-elle. Ce n'était pas différent de d'habitude, mais j'ai fait une découverte.

À côté d'elle, Javier s'était figé. Il l'écoutait avec une attention qui était déjà une preuve d'amour. Pourquoi avait-il fallu aussi longtemps avant qu'elle ne soit consciente de cela ? Emily sentit les larmes lui monter aux yeux à cette idée.

— J'ai compris que tu n'avais rien de commun avec Steven, reprit-elle, et que je ne ressemblerai jamais à ma mère. Tu représentes tout ce que j'ai de plus cher au monde, mais cela ne signifie pas que je risque de me perdre dans notre relation.

Au contraire, cela me rend plus forte. Je ne comprends pas pourquoi je n'ai pas perçu cela plus tôt. Et c'est pour cet aveuglement que je te demande pardon.

Emily s'interrompit pour reprendre son souffle. Il était impératif qu'elle continue à s'exprimer avec calme afin que Javier soit bien persuadé de sa sincérité. Qu'il sache combien elle l'aimait.

— Il m'arrive de te trouver insupportable, Javier Casas, enchaîna-t-elle. Tu es une tête de mule, mais tu es l'amour de ma vie. Je t'aime tellement que je ne supporte pas d'être loin de toi.

Javier la fixait avec une expression impénétrable. Emily effaça les larmes sur ses joues, se demandant si sa déclaration venait trop tard. Tant pis, se dit-elle, au moins elle aurait essayé. Elle se leva de la banquette et fit quelques pas en direction de l'entrée. Mais une main se referma autour de son poignet, et elle s'immobilisa sans oser laisser l'espoir renaître dans son âme.

Javier l'attira à lui, l'obligeant à se tourner.

— Tu dis qu'il t'arrive de me trouver insupportable, dit-il. Et tu as raison. Il faut que tu saches qu'il y a de fortes chances pour que je continue à être cette tête de mule, égoïste…

— Non ! Tu es tout sauf égoïste, parce que…

— Laisse-moi finir. Je suis devenu égocentrique pour me protéger de ma mère. Aujourd'hui, j'ai appris que je n'ai plus besoin de cela. En revanche, je garde une grande part d'égoïsme. Celle qui fait que je veux *tout* de toi ! Je prendrai tout ce que tu voudras bien me donner, et je demanderai même davantage. Tu es la femme de ma vie. Tu pourras bien me quitter aussi souvent que tu en auras envie, je continuerai à t'attendre. C'est toi, et toi seule, qui donnes un sens à ma vie.

— Je ne te quitterai plus jamais, Javi !

— Ne m'interromps pas, Emily Casas. Je t'aime à la folie. Chaque fois que tu auras à me ramener dans le droit chemin, parce que je me serai montré trop autoritaire ou trop insupportable, je me mettrai à genoux en te suppliant de me pardonner, de ne pas me quitter.

Javier s'agenouilla devant Emily et lui prit les mains, puis il ajouta :

— Je te promets que tu n'auras plus jamais à te demander si je t'aime *vraiment*. Ni quelle est ta place dans ma vie.

Le rejoignant à terre, Emily fit pleuvoir une avalanche de baisers sur ses joues, son front, sa bouche.

— Je t'aime, je t'aime, je t'aime, psalmodia-t-elle. Je ne partirai plus jamais, Javier Casas. Tu peux en être sûr.

Entre larmes et sourires, ils continuèrent à s'embrasser en se déclarant leur flamme, le cœur battant de la certitude qu'il n'y a pas plus grande force transformatrice que l'amour.

Dans les semaines qui suivirent, ils s'employèrent à ce que la villa de Frigiliana retrouve son apparence passée. Puis, Emily commença à faire la navette entre sa résidence espagnole et ses bureaux londoniens, sans que cela ne lui coûte. Très vite, elle se chargea de chantiers à travers le monde où Javier était heureux de l'accompagner.

Gabi leur rendait régulièrement visite, et Emily se réjouissait de voir les liens qui s'étaient formés entre le frère et la sœur.

La seule personne qui lui manquait était sa mère. Cependant, elle s'efforçait de maintenir la relation avec elle, en acceptant la personne qu'elle était plutôt qu'en rêvant de la voir redevenir celle qu'elle avait connue par le passé.

Dans les bras de Javier, rassurée de savoir qu'il l'aimerait toujours, Emily avait fini par trouver la sécurité et le bonheur qu'elle avait tant cherchés.

Épilogue

Quatre mois plus tard…

Le parfum du sapin envahissait le salon du somptueux penthouse au sommet de l'un des plus chics immeubles madrilènes, à tel point que Javier menaçait d'ouvrir l'une des immenses baies vitrées, en dépit des protestations véhémentes de Gabi. Seule la remarque d'Emily, précisant que Diabla ne survivrait pas à une chute, réussit à le faire changer d'avis.

Regardant autour de lui, Javier constata que la créativité de sa femme avait transformé son appartement aux lignes ultramodernes en une véritable copie de la grotte du Père Noël. Sous le gigantesque sapin – lequel avait demandé de considérables efforts et pas mal d'argent pour être installé sous le haut plafond –, des montagnes de cadeaux s'amoncelaient. Une bonne partie était destinée à Emily, mais il y en avait également pour Santi, Mariana, et leurs adorables jumeaux, ainsi que pour Gabi et son bébé à naître. Il y en avait même pour Diabla !

Laissant Emily et Gabi s'affairer dans la cuisine, Javier jugea que le moment était opportun pour mettre la dernière touche au cadeau secret qu'il préparait. Aussi, se dirigea-t-il en douce vers son bureau.

Emily était certaine que son mari mijotait quelque chose. Le clin d'œil de Gabi lui confirma qu'elle n'était pas la seule à avoir des doutes.

— Je pense qu'il a encore des cadeaux pour toi à emballer, dit-elle.

Ébauchant un petit sourire, Emily songea que tous les présents choisis par son mari seraient impuissants à éclipser celui qu'elle lui réservait.

Tandis qu'elle organisait les entrées traditionnelles d'un réveillon espagnol, elle ne put s'empêcher de chiper de temps à autre des petits morceaux de ce nougat très tendre appelé *turrón* – depuis quelque temps, elle éprouvait des envies irrépressibles de cette friandise. Emily avait eu beau être discrète, ses larcins – effectués d'un air coupable – n'avaient pas échappé au regard avisé de sa belle-sœur. Aussi, avant que celle-ci n'ait eu le temps de se lancer dans un interrogatoire gênant, Emily préféra partir à la recherche de son époux.

Très doucement, elle actionna la poignée de la porte du bureau qu'elle entrouvrit à peine. Hélas, ses efforts pour ne pas se faire remarquer furent trahis par Diabla qui s'élança vers elle en miaulant.

Assis à sa table de travail, Javier fit brusquement volte-face, s'efforçant de dissimuler les cadeaux à demi emballés.

— Qu'est-ce que tu fais là ? s'exclama-t-il. Je te croyais occupée avec Gabi.

— Nous avons terminé. Et puis, il fallait que je te voie.

Faisant tourner le fauteuil pivotant de Javier, Emily s'installa à califourchon sur ses genoux.

— *Esposa*, nous n'avons pas le temps…, protesta-t-il, la mine néanmoins ravie.

— Vraiment, monsieur mon mari ? Tu es sûr ?

Pour toute réponse, Javier l'attira à lui et s'empara de ses lèvres, sans se soucier de ruiner son maquillage.

Lorsqu'il s'écarta – bien trop tôt au goût d'Emily –, il la regarda d'un air inquisiteur.

— *Cariño,* tu ne me dissimulerais pas quelque secret, par hasard ? interrogea-t-il.

— Un seul.

Prenant la main de Javier, Emily la posa à plat sur son abdomen. Là où se préparait le plus merveilleux des cadeaux. Une surprise qui ne montrerait le bout de son petit nez que dans encore sept mois.

Javier ouvrit des yeux tellement ronds qu'elle éclata de rire.

— Vraiment ? souffla-t-il.

— Vraiment !

Emily poussa un cri de surprise et de joie quand Javier se mit debout, la prenant dans ses bras pour la faire tourbillonner.

Lorsqu'il la reposa au sol, ils s'embrassèrent passionnément, et Emily songea qu'elle devrait remettre du rouge à lèvres avant l'arrivée de leurs invités.

Ceux-ci ne tardèrent pas à les rejoindre, les bras chargés de cadeaux et de leurs adorables bébés, Óscar et Sara.

Plus tard, dans la soirée, Emily laissa son regard errer autour de la grande table du dîner. Tous ceux qui y étaient assis, songea-t-elle, formaient désormais *sa* famille. Une famille unie par des liens qui n'étaient pas forcément ceux du sang, mais qui seraient indestructibles.

Dans la douce lumière des bougies, ils étaient environnés de la magie de *Navidad*, et le regard de son mari disait à Emily que ce n'était que le premier d'une longue série d'innombrables et inoubliables Noëls à venir.

Retrouvez prochainement, dans votre collection

AZUR

Désirs grecs, de Melanie Milburne - N°4642

C'est avec émotion que Ruby s'engage dans Rothwell Park, le domaine où elle a grandi. Le château, dont sa grand-mère est restée la gouvernante, lui a offert autrefois un havre de paix… et l'amour. Follement éprise de Lucas Rothwell, son héritier, elle a cependant dû se faire à l'idée qu'il ne partagerait jamais ses sentiments. Aujourd'hui, revoir Lucas est plus troublant que jamais. L'aura de mystère qui entoure cet homme est accentuée par le secret qu'il lui révèle bientôt. Un secret qu'il demande à Ruby de taire au monde, durant le voyage qu'ils feront ensemble en Grèce…

Scandale en Italie, de Chantelle Shaw - N°4643

Si Ivy fait irruption dans la salle de réunion de Rafael Vieri, interrompant ainsi la signature d'un fructueux contrat, c'est pour le placer face à ses responsabilités. Le bébé dont elle est la tutrice est celui de l'homme d'affaires ! proclame-t-elle devant une assemblée ahurie. Or ce scandale est d'autant plus malvenu que Rafael lui prouve bientôt qu'elle a fait erreur sur la personne. Furieux qu'Ivy ait ainsi compromis sa réputation, il exige d'elle qu'elle contribue à redorer son image… en l'épousant !

L'héritier d'une princesse, de Clare Connelly - N°4644

La princesse Charlotte de Rothsburg connaît son devoir : donner au royaume un héritier. Or, avant d'épouser un homme qu'on a choisi à sa place, elle s'autorise une nuit d'égarement. Une nuit où dans l'anonymat elle s'offre à Rocco Santinova, un homme d'affaires connu à Manhattan et dans le monde pour son caractère impitoyable. Alors que leur histoire devrait s'arrêter là, Charlotte se découvre vite enceinte. Dès lors, elle n'a d'autre choix pour éviter la disgrâce que d'épouser Rocco…

La rivale amoureuse, de Rebecca Winters - N°4645

Sous un faux nom, Francesca s'est installée au royaume de Baldasseri. Là, elle a décroché l'emploi de ses rêves et démarré une nouvelle vie. Pas question pour elle, donc, de révéler qu'elle est une Visconti, car sa famille est rivale de la Couronne ! Hélas, par un curieux hasard – ou une facétie du destin –, elle fait bientôt la connaissance du prince Vincenzo Baldasseri, dont elle tombe amoureuse. Alors qu'elle devrait fuir son ennemi, elle a très envie d'en faire son amant…

Une passion innocente, de Sharon Kendrick - N°4646

Six ans plus tôt, Mia a fui son tout nouvel époux, sitôt leurs vœux prononcés. Quel choc pour elle de retrouver Theo Aeton sur le pas de sa porte ! S'il est venu à sa rencontre aujourd'hui, c'est pour lui demander de l'accompagner en Grèce pour se rendre au chevet d'un parent malade. Malgré les différends qui les opposent encore, Mia accepte de le suivre, tout en se jurant de rester prudente. L'homme qu'elle a follement aimé avant qu'il la trahisse a gardé le pouvoir de la faire fondre d'un seul regard. Or le désir entre eux est d'autant plus fort qu'ils n'ont jamais consommé leur union…

Liaison au palais, de Susan Meier - N°4647

Le roi Jozef vit en reclus depuis des années. Aussi est-il réticent à l'idée de confier son image publique à l'audacieuse Rowan Gray. Cette dernière, convaincue qu'il est temps pour lui de sortir de son isolement, le pousse malgré lui dans ses retranchements tout en l'attirant dangereusement. Jozef peut-il s'autoriser une liaison clandestine avec Rowan et prendre le risque de faire naître un scandale avec celle-là même qui a pour mission de protéger sa réputation ?

La captive de la forêt, de Millie Adams - N°4648

Perdue dans une forêt des Highlands, Athéna pénètre dans un mystérieux château gothique dont le maître des lieux se révèle être Cameron McKenzie. L'homme d'affaires, célèbre autrefois pour ses frasques de play-boy, vit en reclus depuis l'accident qui l'a défiguré. Alors qu'elle devrait être effrayée par son apparence et ses manières brusques, Athéna se sent auprès de lui… en sécurité. Jusqu'à ce qu'elle comprenne que Cameron n'a aucune intention de la laisser repartir !

Un patron pour époux, de Lynne Graham - N°4649

SÉRIE : *L'HÉRITAGE DES STEFANOS* - 1/3

Choqué de se découvrir une famille dont il ignorait tout, Ari Stefanos décide d'oublier ses soucis le temps d'une nuit passionnée. Dans les bras de Cleo, sa douce assistante, il vit une parenthèse délicieuse. Mais le poids des responsabilités l'accable encore quand il apprend que pour adopter sa nièce orpheline il lui faut se marier. Qu'à cela ne tienne, Ari connaît déjà la candidate parfaite pour tenir auprès de lui le rôle d'épouse. Reste à convaincre son amante d'un soir de se prêter au jeu…

Le secret de Sa Majesté, de Lucy Monroe - N°4650

SÉRIE : *DÉCRET ROYAL* - 2/3

Emma a follement aimé le prince Konstantin de Mirrus, avant qu'il la quitte pour rechercher une femme de son rang. Le revoir cinq ans plus tard est un choc d'autant plus grand pour elle que Konstantin veut désormais faire partie de sa vie – ou plutôt de celle de leur fils, dont il vient d'apprendre l'existence. Emma peut-elle lui faire confiance alors qu'il a autrefois choisi de sacrifier leur amour sur l'autel du devoir ?

La fuite d'une fiancée, de Dani Collins - N°4651

SÉRIE : *QUATRE MARIAGES ET UN BÉBÉ* - 2/4

Pour sauver son entreprise, Eden doit contracter un mariage de convenance. Hélas, lorsque la cérémonie vire au désastre, elle se retrouve contrainte de fuir en compagnie du témoin du marié ! Une folie d'autant plus grande que Remy Sylvain ne la laisse pas indifférente, depuis le baiser inoubliable qu'ils ont échangé autrefois… Cet homme, qui l'agace autant qu'il l'attire, représente pour elle le fruit défendu. Et Eden rêve soudain de passer entre ses bras ce qui aurait dû être sa nuit de noces…

Cette dernière nuit entre tes bras, d'Anne Mather - N°4652

Une dernière nuit d'amour. C'est tout ce que Joanna attend de Matt avant qu'ils ne divorcent. Une nuit de passion dans la chaleur de Miami, lors de laquelle, pendant quelques heures, ils pourraient oublier leurs différends. Une nuit de plaisir et d'insouciance… Ils se sont tant aimés, autrefois ! Seulement voilà, Joanna ne le sait que trop bien : plus rien n'est possible entre Matt et elle. Du moins le croit-elle, jusqu'à ce qu'un événement inattendu vienne bouleverser leur existence…